Caliope
editorial

UN PACTO POR MARIANA

Cynthia Lorena Pérez

Un pacto por Mariana

Primera edición: junio de 2017

©Editorial Calíope
©Cynthia Lorena Pérez
©Un pacto por Mariana
©Ilustración de portada: Alexandra Osbourne Artworks

ISBN: 978-84-946735-4-2
ISBN Digital: 978-84-946735-5-9
Depósito Legal: M-14319-2017

Grupo Editorial Max Estrella
Fernández de la Hoz 67
28003 Madrid
Editorial Calíope

editorial@editorialcaliope.com
www.editorialcaliope.com

Agradecimientos

Agradecerle a la gente siempre es muy bonito y es algo que me gusta mucho, ya que toda mi vida he sido una persona muy agradecida en especial con todos aquellos que han sabido ser mis verdaderos amigos, los cuales tengo que confesar son muy pocos y no pasan siquiera del número de dedos que tengo en una sola mano y en ellos incluyo a mi muy querido esposo, el cual desde que lo conocí hace casi un cuarto de siglo, ha sabido ser el mejor de todos; siempre ha estado, no detrás, ni delante de mí, sino a un lado mío; acompañándome tanto en mis grandes como en muy desafortunados momentos de mi vida; levantándome cada una de las veces que me he caído y brindándome siempre su hombro fuerte para que yo pueda apoyarme en él, hasta sentirme de nuevo con la fortaleza necesaria para seguir caminando, ahora haciéndolo por mí misma.

Al igual que a él, les agradezco a mis padres y a mis queridas hermanas y hermano que aun en la distancia se han preocupado en que permanezcamos unidos siempre tal cual como nos lo inculcó mí querida madre, brindándonos su agradable y cálida compañía a cada momento que estábamos juntos.

Por su gran cariño y comprensión a todos ellos les agradezco desde lo más profundo de mi corazón por haber hecho de mi vida hasta hoy una gran e inolvidable aventura.

«Creer y mantener la fe para que se puedan realizar algunos de nuestros sueños, es en ocasiones una prueba tan difícil de alcanzar por uno mismo que a veces solo necesitamos de un pequeño empujoncito de alguien que nos quiera de verdad para después poder lograrlo por nosotros mismos».

CYNTHIA PÉREZ

Prólogo

Afortunadamente durante toda mi vida e incluso y cuando todavía era muy pequeña, siempre tuve habilidad para relacionarme con las demás personas llegando a tener grandes amigos o al menos eso fue lo que pensé. Pues ya que con el tiempo muchos de ellos llegaron a desilusionarme bastante y otros a lastimarme profundamente, pero aun y con eso yo no soy nadie para juzgarlos hoy en día, pero eso realmente ahora no me importa tanto pues como dijo bien un día *un sabio al preguntar ¿por qué se perdían los amigos?* A lo cual él respondió lo siguiente: «*...si se pierden no eran realmente amigos porque los verdaderos amigos son para siempre» Cuento Popular.* Cosa que ahora puedo entender perfectamente bien y lo mismo pasa con la protagonista de esta historia, una pequeña niña la cual aún y sabiendo que tenía una enfermedad grave e incurable supo salir adelante gracias al apoyo incondicional que siempre le supieron mostrar sus pequeños pero muy grandes amigos. ayudándola siempre y a cada momento a salir triunfante en cada etapa de su tratamiento; sobre todo espiritualmente, ya que la fe que tenía en alcanzar hasta el final su sueño fue lo que la hizo soportar y a hacer más llevadera su enfermedad, la cual se pudiera hasta decir que muchas veces ni siquiera la sintió, gracias al apoyo y hermandad que le mostraron siempre sus muy queridos e inseparables amigos durante su infancia.

Este es solo un reconocimiento y una pequeña muestra del valor y valentía que nos enseñan día con día tantos pequeñitos que permanecen varios días o algunos hasta meses encerrados en algunos hospitales llevando acabo su tratamiento, demostrándole a todo el mundo lo fuerte y lo capaces que son de vencer muchas veces esos obstáculos tan grandes y valiosas pruebas que les da la vida en especial a nosotros los padres, sin darnos cuenta en algunas ocasiones que esos pequeños nos están dando una gran lección de supervivencia pero sobre todo están haciendo el papel de nuestros grandes maestros, ante nuestros propios ojos enseñándonos el significado de la palabra «fortaleza» y de la palabra «fe» con su gran espíritu.

CAPÍTULO I

El amanecer de una aventura

Ya eran cercanas las 8:00 p.m. y Josephine no paraba de brincar en la cama esperando que sus padres se marcharan rápido a su compromiso para que su abuela «Nana» como ella le decía con mucho cariño, le contara una historia antes de irse a dormir como días antes ya se lo había prometido.

—Aguarda un momentito más —le dijo la abuela a su nieta. Mientras la pequeña fruncía su cara con mucho disgusto. Mientras tanto y para que no se le hiciera tan larga la espera, la niña se puso a enseñarle a su abuela una por una toda su colección de muñecas que hasta ahora llevaba coleccionadas con tanto orgullo. Después de un rato y agregándole a eso unos cuantos minutos más al fin subieron sus padres muy elegantes y bien vestidos para ir a la fiesta que tenían programada para esa noche y a la cual sabían que se divertirían mucho. Mamá lucía como siempre bellísima con un vestido largo negro, coqueto pero muy elegante a la vez y su padre como de costumbre traía un smoking también de color negro y su cabello relamido para atrás luciendo completamente espectacular para esa ocasión tan importante.

Entonces y para no perder más tiempo pues ya iban un poco tarde, se acercaron a su pequeña hija de seis años y le dieron ambos un beso en la frente para despedirse rápidamente de ella.

—Pórtate bien con abuelita Nana y hazle caso en todo —le dijeron a la niña un poco tristes por dejarla y de igual manera se despidieron de la elegante dama dándole un beso en su mejilla.

—Por favor mamá, cualquier cosa que se te ofrezca nos llamas de inmediato sin dudarlo —le dijo un poco preocupada la joven mujer a su madre la cual no veía tampoco la hora en que la pareja saliera de la casa para contarle la historia a su querida nieta.

—Bueno —dijo la abuela.—Mmmmm… veamos.

—¿Estas lista mi niña? —le preguntó la abuelita a Josie mientras ella movía su cabeza de arriba hacia abajo afirmando con ansias que sí pues ya no podía resistir la espera ni un minuto más los cuales ya se habían vuelto una tortura.

—Entonces mi querida niña no perdamos más tiempo. Y la historia comienza así… un día, mirando tras la ventana de una de las habitaciones del castillo Windsburg con sus binoculares de juguete para no perder detalle, se encontraba la pequeña Mariana de 9 años de edad la cual era delgada, no muy alta, blanca como la nieve y tenía unos ojos grandes color azul tan intensos como el mismísimo mar Caribe, parecía un angelito caído del cielo pues solo le faltaban las alas, la aureola y su trajecito resplandeciente de color blanco. Y desde ahí podía ver jugar a sus primos Luis Felipe y Eduardo de 8 y 9 años de edad respectivamente, los cuales provenían del castillo Huxley que se encontraba precisamente a un lado del de Mariana y también los cuales últimamente frecuentaban muy a menudo a su querida prima que contaba con muy pocos meses de vida y que ahora se encontraba débil y con muy poco cabello debido a los tratamientos de quimioterapia que había estado llevando los últimos meses y por lo cual muy a menudo se podía apreciar en su carita una mirada triste, pues sabía que pronto moriría aunque sus padres trataban de negarlo lo más que podían.

En ese momento, mientras Mariana se encontraba contemplándolos todavía a lo lejos, Luis Felipe y Eduardo, voltearon al cuarto de su querida prima para invitarla a jugar con ellos en el jardín, pero ella rápidamente se alejó de la ventana y tomó uno de los sombreros de su colección que guardaba en el armario y se cubrió la cabeza, pues odiaba ya no verse en el espejo con sus grandes listones de seda recogiendo sus rubios rizos a los lados de su cabeza. Entonces fue y se sentó un poco triste a un lado de su cama y abrazó una de sus muñecas de porcelana de una colección francesa muy famosa y limitada que solo ella tenía y empezó a cantarle una canción de cuna mientras la arrullaba y la acariciaba dulcemente con una de sus manos en la cabeza.

Al observar Eduardo abruptamente el retiro de su prima de la ventana, pudo entender en el fondo porque se había alejado de ella, pues nadie más la conocía y la entendía mejor que él mismo pues eran sumamente unidos desde que ambos habían nacido, Eduardo hizo entonces una mueca de tristeza al verla retirarse de la ventana y le dijo a su hermano que enseguida volvería y que lo esperara solo un rato, así que se acercó a los rosales que cuidaba en ese momento el alegre jardinero Fermín para pedirle unas cuantas flores, el cual cantaba en ese momento sin ton ni son la bella melodía de la vida en rosa.

—¡Fermín, Fermín! ¡Córtame por favor muchas pero muchas rosas para Mariana! —le dijo Eduardo al jardinero con mucha emoción, jalándolo de su humilde ropa, la cual poco le faltó para que se rompiera con esos jaloneos que el niño le estaba dando.

—¡Que sean las más bonitas de todos los colores y de todas variedades, anda apúrate, rápido pero más rápido por favor antes de que Mariana se vaya a tomar su siesta!

—Ya voy, ya voy muchachito, tendrás que esperar unos segundos si no es que quieres que la pobre niña Mariana se clave todas las espinas de estas flores.

Y así lo hizo el jardinero Fermín, retirando todas las espinas una por una de las hermosas rosas, entregándole alrededor de 12, pues rosales abundaban ahí por doquier a cualquier lado que uno volteara.

Al tenerlas ya en sus manos, Eduardo sacó un pañuelo de su bolsillo bordado con hilos de oro con sus iniciales en una de las esquinas y lo enredó alrededor de las rosas haciéndole un pequeño nudo y luego salió corriendo por el jardín en donde tropezó con la manguera de agua que seguramente Fermín había dejado por descuido ahí tirada en el pasto.

—¡Maldición! —gritó Eduardo muy molesto por haberse tropezado y caído al suelo, pues en ese instante soltó su hermoso ramo de rosas que volaron dando vueltas por los aires hasta verlo caer, el cual afortunadamente quedó intacto por el buen nudo que había hecho en él con su pañuelo y se levantó rápidamente avergonzado pues notó que de lejos lo observaba Florencia Limantour, la niña más popular de su colegio y por lo cual todos los niños suspiraban al verla pasar frente a ellos. Florencia era alta, pecosa, pelirroja con ojos cafés claro y un poco más desarrollada de lo normal para la edad que tenía, apenas diez años. Y la cual se encontraba sentada junto a su madre mientras tomaban el té juntas Catalina, madre de Eduardo e Imelda madre de Florencia, la cual era solo un año mayor que Eduardo pero a esa edad era muy notoria la diferencia.

—¡Ay pero que bella es! —se decía a si mismo Eduardo, pues no había en el colegio niña más bella y distinguida que ella.

Catalina solo sonrió de lejos al ver la actitud de su hijo pues notaba que a él no le parecía para nada indiferente la niña y así junto con Imelda siguieron planeando juntas el futuro de sus respectivos hijos esperando que quizás un día pudieran llegar a casarse y ser todos miembros de la misma familia.

CAPÍTULO II

El futuro puede ser mejor

Pasado aquello, Eduardo subió rápidamente las escaleras hasta dirigirse a la habitación de Mariana, en donde tocó despacio y luego le preguntó cautelosamente si podía entrar con ella pues temía que ya se hubiera quedado dormida.

—Mariana, soy yo Eduardo. ¡Tu primo favorito! —le dijo en voz muy bajita al mismo tiempo que tocaba la puerta despacio.

Mariana al escucharlo de inmediato pegó un brinco de alegría de la cama y tomó un lápiz labial que le había robado a su madre uno de tantos días que entraba en su recámara cuando ella no estaba en casa y entonces se pintó de inmediato la boca y se puso su peluquita de Rapunzel con cabellos largos y dorados. Y se metió a la cama fingiendo sentirse más débil de lo que realmente estaba, pues le encantaban los mimos y cariños del que ella pensaba era el más apuesto y galante de todos sus primos y de los demás niños de la realeza. Después, Mariana giró su cabeza de lado donde se encontraba la ventana y con unas palabras fingidas de cansancio agudo le respondió a Eduardo que pasara a su habitación, pero lo llamó por el nombre de su otro primo, para que Eduardo no se diera cuenta con cuantas ganas lo esperaba siempre.

—Adelante Luis Felipe. —No es Luis Felipe Mariana, sino yo —respondió Eduardo, dirigiéndose sin hacer ruido a lado de su querida prima.

—¡Oh! —sonrió Mariana pícaramente.

—Perdóname Eduardo, yo pensé que eras Luis Felipe —le dijo sabiendo desde un principio que se trataba de Eduardo.

—¿Cómo estás Mariana?

—Más o menos —le contestó ella.

—Pues no me he sentido muy bien últimamente, pero cuéntame ¿tú que tal? —le preguntó cariñosamente, ya que ella no tenía las mínimas ganas de hablar de ella misma y mucho menos de sus tratamientos de la quimioterapia que cada vez odiaba más y más y ya la tenían muy cansada.

—Pues me ha ido muy bien Mariana gracias, te he extrañado mucho últimamente sabes, además, te he traído las rosas más bellas del jardín, mira, ¡tus favoritas! —le dijo Eduardo con una sonrisa de oreja a oreja enseñándole algunos de sus dientes que se le habían caído y luego la miró con esos ojos negros grandes, ceja poblada y mirada dulce y profunda que tanto le gustaba a Mariana, entonces la besó en la frente y se retiró colocando las rosas en el florero de la mesita que se encontraba a un lado de la puerta y aprovechando Mariana que Eduardo se encontraba ocupado volteó y abrió uno de sus ojos para verlo de arriba hacia abajo. Y luego dio un gran suspiro mientras su primo terminaba de colocar las flores, el cual cuando terminó de hacerlo giró hacia Mariana para poder hablarle de nuevo, pero ella inmediatamente volvió a su estado anterior de sufrimiento fingido para luego decirle lo siguiente a su amado primo:

—Eduardo ¿me podrías dar un poco de agua fresca por favor?

Esperaba desde un principio que su primo la tomara del cuello para levantarla un poco y así poder tenerlo más cerca; sin embargo, en el momento de querer sorber el agua, la niña aventó a un lado el vaso de vidrio rompiéndose en mil pedazos y se dirigió corriendo hacia el baño para devolver por segunda vez en el día pues los tratamientos de la quimioterapia siempre le daban esos síntomas horribles y además la hacían sentir muy débil y muy cansada en algunas ocasiones más que en otras. Luego se acostó un rato en el piso para descansar. Y en ese momento cuando Eduardo se disponía a ir a avisarle a alguien de lo que acababa de pasar en el cuarto, Mariana lo detuvo y le gritó angustiadamente que no se fuera y que se quedara con ella a su lado hasta que se le pasara el malestar por completo.

—¡No Eduardo! ¡No vayas! Quédate por favor aquí, nada más conmigo —le dijo y luego empezó a llorar desconsoladamente.

Eduardo al verla se limpió una lágrima que le había corrido por la mejilla y se acercó a su prima para animarla y luego colocó su cabecita encima de sus piernas y la tomó de las manos haciéndole cosquillitas como a ella siempre le gustaba; después se estuvieron ahí unos minutos más, hasta que ella decidió acostarse y Eduardo la ayudó subiéndole sus piecitos en la cama.

—Voy a avisarle a mi tía —le dijo todavía un poco preocupado por ese momento que acababa de pasar tan angustiante.

—¡Nooooo! ¡Por favor no lo hagas! Quédate aquí conmigo hasta que me quede dormida, ¿sí? ¡Te lo suplico! —le dijo Mariana aún con lágrimas en sus ojos.

Luego, Eduardo la observó con muchísima ternura y le sonrió un poco como queriéndole decir con esa sonrisa que siempre estaría allí con ella a su lado.

—Está bien Mariana, pero solo por esta vez ¿me oíste? —le dijo como tratándola de regañar un poco y luego siguió hablando.

—¿Ya te sientes un poquito mejor?

A lo que ella le contestó lo siguiente:

—Cuando estás siempre a mi lado Eduardo, yo simplemente me pierdo y aunque tú no lo creas me olvido de todo tipo de dolor y de cualquier tipo de sufrimiento.

Al oírla, Eduardo soltó una pequeña carcajada, quizás por una poca de pena o por la profundidad de las palabras de Mariana que también riéndose por sus cursis palabras le contestó lo siguiente a su querido primo.

—De verdad te digo que es así y ya no te rías de mí pues me haces sentir avergonzada y además eso es lo que verdaderamente pienso.

Al oír esas palabras tan tiernas de su querida prima, Eduardo dulcemente le preguntó con una poca de duda lo siguiente para poder ayudarla de alguna u otra manera pues realmente la quería mucho.

—¿Mariana?

—¿Qué? —le dijo ella.

—¿Qué puedo hacer por ti? De verdad, dímelo, lo que sea, cualquier cosa, tú no tienes ni una idea de lo que me parte el corazón cada vez que te veo así, dímelo, que puedo hacer para verte completamente feliz y te juro que yo lo haré o al menos moriré en el intento. A lo cual ella le contestó sin dudarlo lo siguiente:

—Solo quisiera ser libre uno o dos o tres días ,sin terapias, sin hospitales ni enfermeras cuidándome todo el día y vigilándome sin parar; solo quisiera tener muchos amigos con quien poder jugar, correr por los jardines del palacio horas y horas sin cansarme y volver a tener mi cabello largo y rubio como la princesa Rapunzel y realizar cada uno de mis pensamientos y sueños que he guardado por meses y salir a la calle como una persona normal sin que nadie me reconozca ni me vean como un bicho raro sin pelo en una silla de ruedas; eso, sí , eso me encantaría Eduardo, pero no lo lograré nunca porque lo más seguro es que me voy a morir muy pronto como todo mundo lo dice —suspiró Mariana volteando al balconcito de su cuarto por donde siempre miraba al jardín y luego guardó silencio sin decir ya ni una sola palabra.

Al escucharla, Eduardo solo bajó la cabeza y luego volvió a mirarla fijamente diciéndole a Mariana por último lo siguiente:

—Yo te prometo Mariana que ese día llegará y nos iremos juntos, pues yo te cuidaré y nunca me apartaré de tu lado hasta que encuentres de nuevo la verdadera felicidad para siempre, ya lo verás, yo te ayudaré hasta que podamos conseguirlo. ¡No te rindas, nunca lo hagas! ¡Ten fe! Serás de nuevo una niña normal ya lo verás —terminó diciéndole el niño y después besó de nuevo su frente y esperó a que su prima se quedara dormida, luego la tomó de su manita suavemente y le cantó una canción que el mismo le había compuesto hacía unos cuantos meses atrás cuando Mariana recién acababa de empezar su tratamiento.

Algún día pasará la tempestad.
Algún día la montaña escalarás,
solo hay que ser paciente,
paso a paso dar muy fuerte.
Y algún día,
pasará, pasará la tempestad.
A tu lado siempre aquí yo estaré,
Si tu pena y tu dolor tan grande son,
Solo hay que ser valiente,
Y seguir de pie hacia enfrente.
Y algún día, algún día pasará, pasará la tempestad.

Apenas Eduardo terminó de cantar la canción y unos minutos después Mariana cerró sus ojitos azules hasta quedar profundamente dormida, luego, permaneció ahí quizás unos cuantos minutos más, recordando siempre, todos los momentos bonitos que desde pequeñitos habían pasado juntos. De verdad que como quería Eduardo a su pequeña y adorada prima Mariana, era el mismo amor que sus madres compartían, pues ambas, llevándose tan solo un año de diferencia, eran inseparables e iban a todos lados juntas.

CAPÍTULO III

La ira no es una buena consejera

Después de pasar un rato más con Mariana hasta que se quedó profundamente dormida, Eduardo le colocó una pequeña almohadita debajo de su cabecita que tocaba la alfombra y la tapó con una cobijita y luego bajó las escaleras encontrándose a la enfermera en la cocina comiendo panecillos recién horneados sin la menor preocupación por Mariana que acababa de pasar por un muy mal momento y sin nadie que se supone debería estar ahí cerca para ayudarla en ese tipo de situaciones tan angustiantes.

Entonces al verla Eduardo ahí sentada muy cómodamente se dirigió a ella con tanto enojo que empezó a golpearla sin parar con todas sus fuerzas, además de que le vació la jarra de leche que estaba encima de la mesa en la cabeza, afortunadamente en ese momento su madre Catalina pasaba por ahí y al verlo de reojo salió corriendo hacia ellos y con mucho esfuerzo pudo quitarle de encima a la enfermera a tan feroz fiera, como ella le decía cuando se llenaba Eduardo de ira.

—Pero ¿qué te pasa Eduardo? ¿Cuántas veces te he dicho que debes controlar tu ira hacia los demás y nunca me haces caso?

—¿No entiendes que un día puedes lastimar a alguien o a ti mismo? —le dijo su madre todavía un poco molesta.

—¡Pídele de inmediato una disculpa a Adele la enfermera!

—¡Pero si yo solo trataba de…!

—¡No quiero escuchar nada jovencito! —dijo su madre enfadada— ¡inmediatamente le pides una disculpa a Adele o estarás castigado por lo que reste del año!

—Pero si ni siquiera me has escuchado ¡Nunca jamás me escuchas, siempre estas ocupada con tus amigas y tus compromisos sociales y a mí nunca me haces caso! —le dijo Eduardo todavía con muchas lágrimas en los ojos.

—¡O lo haces en este preciso momento o te vas a la recámara castigado sin comer hasta la cena!

—¡Pero mamá, escúchame!

—¡No te escucho y no quiero oír ni una sola excusa ni pretextos! —le contestó firmemente doña Catalina y luego ya no le dijo nada más.

—Está bien, discúlpame Adele, no volverá a pasar —le dijo Eduardo con una enorme mueca de disgusto en su cara y lleno de ira en su alma.

—Disculpa aceptada —le respondió Adele indignada con el cabello todo escurrido de leche y todo pegado en la cara.

En ese momento llegó su prima Larissa de 18 años de edad la cual era muy parecida a su pequeña hermana Mariana, blanca, rubia, ojos color azul intenso pero nada parecidas en su forma de ser, pues mientras Mariana contaba con un gran corazón y Larissa era pedante y engreída y pensaba que no había sobre la tierra alguien más bella y distinguida que ella. De hecho era cómico verla pasar frente a un espejo pues cuando apenas se reflejaba en él, hacía su mirada sexy con ojos entre abiertos y labios a lo Marilyn Monroe y además posaba como si estuviera modelando para una revista de adolecentes famosa o como si estuviera en una gran pasarela acompañada de bellas modelos.

—¿No vas a saludarme Eduardo? —le preguntó Larissa extendiendo su mano para saludar a su pequeño primo.

—¡Déjame en paz! —le contestó Eduardo, dejando su mano extendida y luego dando la media vuelta se fue corriendo rumbo al cuarto de juegos.

—Mocoso maleducado, como se atreve a dejarme a mí, la cual soy toda una princesa con la mano extendida cada vez que lo saludo —se dijo Larissa todavía un poco molesta y luego solo se fue al jardín con los demás invitados luciendo y presumiendo toda su ropa y accesorios de grandes diseñadores que acababa de comprar a sus amigas y demás acompañantes.

Ya en el salón de villar, Eduardo encendió las luces y juntó todas las bolas de las mesas en una sola y además para entretenerse las puso cada una en línea con su respectivo color hasta formar un hermoso arcoíris, luego se sentó a admirar su creación y se preguntó a si mismo que habría al final del arcoíris y luego pensó si sería cierto eso de que había un cofre enorme con monedas de oro cuidadas por un duende vestido de verde con sombrero y orejas grandes y después de hacerse un sin fin de preguntas, más de pronto a Eduardo le ganó el cansancio y se quedó dormido arriba de la mesa de villar por un par de horas más, que por cierto se pasaron volando.

Luego, pasado un largo tiempo en el castillo extrañados sus padres y todo mundo por no poder encontrarlo, le pidieron a los sirvientes del palacio buscarlo inmediatamente, pues nadie lo había visto por ahí cerca desde hacía ya un buen rato.

Después, de una intensa búsqueda por fin lograron encontrarlo y lo llevaron casi a regañadientes hasta donde se encontraban sus padres y con los cuales por cierto al tenerlos ya de frente, no se salvó de una buena regañada empezando por su madre.

—¿Pues dónde andabas Eduardo? —Fue lo primero que le dijo su madre furiosa cuando lo vio al fin después de estarlo buscando.

—¡Siempre es lo mismo contigo! ¡Llevamos horas buscándote, de verdad que nunca doy una contigo! —le dijo de nuevo su madre avergonzándolo enfrente de sus tíos, mientras lo jalaba del brazo para meterlo con ellos al auto.

Eduardo en ese momento y al terminar de escucharla solo la miró de reojo con desprecio, ya que en el fondo muchas veces como esa, solo pensaba que su mamá realmente no lo quería, pues nunca tenía un gesto amable con él y mucho menos le tenía ni una pisca de paciencia. Entonces se despidieron de todos y regresaron al castillo que estaba afortunadamente a un lado del de su prima y que se conectaban ambos por un gran lago que aparte los dividía y al cual nunca iban pues los castillos se encontraban bardeados como unas grandes fortalezas por los cuales no se veía nada por fuera aunque te asomaras por las ventanas de los castillos ya que lo único que se podía apreciar por ellas eran solo los hermosos jardines que se encontraban dentro de los bellísimos palacios pero fuera de ahí, no se veía el lago el cual se encontraba rodeado por las inmensas bardas de ambos.

CAPÍTULO IV

Un amigo fiel

Al día siguiente, afortunadamente ese día era sábado y todavía contaban con el domingo para poder descansar de todas sus actividades cotidianas que tenían de lunes a viernes.

—Cucú - cucú —sonó el despertador de un gatito sacando por la boca un pajarito que marcaba como hora las 10 de la mañana y los hermanos se levantaron aflojerados a desayunar con el pelo todo parado y los ojos todavía un poco cerrados por la desvelada que habían tenido la noche anterior y que había estado además muy pesada.

Después del desayuno, mientras Luis Felipe jugaba con su montaña de legos en su recámara armando un montón de figuras, Eduardo se preguntó dónde podría estar su perrito French Poodle el cual quería muchísimo y que últimamente se perdía por varias horas en el día, sin dudarlo entonces, salió a buscarlo para resolver dicho misterio gritando su nombre por todas partes en los jardines del palacio, pero nada, el perrito nomás no correspondía a su llamado.

—¡Party , Party! —continuó gritando su nombre hasta que descubrió un pequeño orificio en la esquina de la pared de piedra de la parte trasera del castillo.

Así que por aquí te has estado escapando Party —pensó Eduardo por un momento sin saber lo que encontraría del otro lado de la barda.

—Ya verás cuando te vea perrito travieso —se dijo de nuevo y comenzó a quitar algunas de las piedras que ya estaban muy sueltas y salió por ahí a buscar a su pequeño y peludito amigo el cual ya tenía muchas ansias de verlo. Luego, caminó unos 1000 metros más cuesta abajo hasta llegar a un pequeño lago conocido como el Lago Zafiro, el cual se encontraba rodeado de grandes árboles con miles de flores de todos colores y en el cual abundaban todo tipo de seres vivientes desde pequeñas ardillas, pájaros cantores, patos, gansos, conejos y muchas especies más muy bellas, las cuales parecían estar ahí sobrepuestas de lo hermosas que estas eran.

—¡Guau! —exclamó Eduardo completamente maravillado mientras seguía observando el lago detalladamente, pues nunca jamás había estado ahí antes y mucho menos le habían hablado de él, cosa que le pareció sumamente extraña.

—¿En dónde andarás Party? —volvió a preguntárselo una vez más Eduardo, así que caminó un poco más al descubrir las huellas de su perrito impresas en el lodo fresco y de pronto quedó petrificado sin decir una sola palabra al encontrarse ahí en medio a una pequeña niña más o menos de su misma edad revolcándose entre las florecillas de mil colores junto con su perrito Poodle.

Entre risas y carcajadas sin poner atención a lo que pasaba a su alrededor, la niña se levantó rápidamente al ver a Eduardo ahí parado y de igual manera él la miró también a ella, pero él lo hizo en cámara lenta y fijamente sin perder detalle de cada uno de sus movimientos y de sus rasgos, los cuales a él le parecieron perfectos. Desde ese día, ese momento tan maravilloso quedó grabado en su mente para toda la vida, pues era un hecho que Eduardo nunca jamás olvidaría en el futuro el momento que conoció a esa hermosa niñita, la cual era delgadita, con el pelo largo castaño claro hasta su cintura y sus ojos eran verdes y su tez bronceada por pasar largas horas bajo el sol seguramente; sin embargo, lo que más captó su atención sin lugar a dudas, fue su hermosísima sonrisita retorcida formando dos hoyuelos en cada una de sus mejillas. La niñita se encontraba vestida con un vestidito sencillo café de florecitas, un sombrerito de paja con una flor rosa fuerte al frente y unos zapatitos ya agujerados de la parte de enfrente, pero eso no le importó a Eduardo en lo absoluto; pues siempre había sido de un gran corazón, así que se acercó a ella y como todo un caballero tomó su mano derecha dándole un pequeño beso como lo hacían todos los hombres al saludar siempre a una dama, de igual manera ella se quedó atónita al verlo ahí parado besando su mano con tanta delicadeza y ternura, ya que era como si dos almas que habían estado alguna vez perdidas se hubieran vuelto a encontrar en ese precioso día. Luego, los dos se miraron fijamente a los ojos hasta que él se presentó ante ella y luego rompió el hielo diciéndole un simple hola y de ahí en adelante se dio todo con gran naturalidad y nunca jamás dejaron de hablarse ni siquiera los siguientes quince años que después pasaron casi volando hasta cuando ambos llegaron a ser unos jóvenes adultos.

—¡Hola! ¿Cómo te llamas? —le preguntó él.

—Me llamo Megan ¿y tú?

—Yo me llamo Eduardo y soy de aquí de la familia Huxley.

—¿De la familia Huxley? O perdone usted su alteza no lo reconocí —le contestó la niña toda apenada inclinando un poco su cabeza con gran respeto, para luego arrodillarse ante él en el suelo.

—¡No, no, por favor, no hagas eso! —le pidió él un poco incómodo— dime solo tu nombre completo.

—Me llamo Megan Olson, tengo 9 años y vivo aquí cerca del lago del otro lado en el pueblo y vengo casi todos los días a jugar aquí con mi hermano Bobby, el cual hoy no pudo acompañarme, pero por favor no le digas a nadie, no quiero que nos metan a la cárcel, además, a este lugar nunca nadie viene y no pensé que alguien nos descubriría, perdóname por favor, te juro que ya no volveremos a venir pero no me delates por lo que más quieras —le dijo la niña todavía con un poco de miedo.

—¡Por supuesto que no lo haré! Pueden quedarse tranquilos tú y tu hermano y puedes venir a jugar con él todas las veces que ambos deseen.

—Muchas gracias de verdad, te prometo que no daremos ningún dolor de cabeza. A lo que Eduardo únicamente sonrió viendo a su perrito en brazos de la niña.

—¿Me pregunto si es tuyo este perrito tan bonito? —le dijo Megan con un poco de duda.

A lo que Eduardo únicamente se sonrió al ver a Party tan contento con la niña entre sus manos lamiéndole sin parar su carita por todos lados.

—¡Oh! sí, sí, pero adelante, puedes venir a jugar con él todas las veces que tú quieras! —le respondió Eduardo sin titubeos.

—Gracias Eduardo, eres muy gentil y te confieso que nunca imaginé que fueras una persona tan sencilla pues todo mundo opina lo contrario.

—¿Ah sí? —le contestó el niño un poco sorprendido por su mala fama—. Eso sí que no lo sabía —volvió a contestarle y luego ahí pasaron largo rato con Party jugando lanzándole una pelotita para que se las llevara una y otra y otra vez y luego se escondieron entre los árboles para que Party los encontrara, después únicamente caminaron bastante alrededor del lago y se pusieron a platicar por un buen rato y era como si se conocieran de muchísimo tiempo antes, pues todo fluía tan naturalmente y de una manera muy bella entre los dos tanto que desde ese día Eduardo supo que su corazón siempre iba a pertenecer a esa bella niñita de ojos verdes y sonrisa retorcida por el resto de sus días.

Pasado un rato y sin darse cuenta de la hora que ya era, Eduardo volteó a ver su reloj y notó que ya era tardísimo, así que le preguntó a Megan con un poco de duda si podría venir al lago más seguido pues temía no volver a verla nunca más en su vida.

—Megan ¿podrás venir mañana y después de mañana y después de mañana y todos los días a jugar conmigo? Por favor, di que sí, verás, traeré a mi hermano y quizás a mi prima para que también a ella la conozcas, te van a encantar ya lo verás, pues mi prima es lindísima y es de nuestra misma edad, pues tú me dijiste que tienes nueve años ¿no es así?

A lo cual ella contestó que sí con tan solo mover la cabeza para arriba y para abajo.

—Tú puedes traer a tu hermano si gustas y así podremos jugar todos juntos hasta la hora de la comida todos los días de las vacaciones que ya comenzarán la próxima semana.

—¿Cómo vez Megan? ¿Sí lo harás? Prométeme que sí por favor di que sí ¿sí?

—Claro que sí Eduardo, aquí estaré esperándote todos los días —le dijo Megan entusiasmada con una enorme sonrisa de oreja a oreja.

Luego se tomaron de las manitas y se dieron vueltas y vueltas sin parar hasta que se cayeron juntos al suelo y ahí Megan lo despeinó y le hizo cosquillas y luego se fue corriendo camino a su casa por el sendero que la llevaba al pueblo.

—Hasta mañana Eduardo —le dijo Megan mientras le mandaba un beso soplándoselo con la mano, a lo cual Eduardo fingió atraparlo en el aire y se lo puso con la mano en la mejilla y se quedó ahí contemplándola hasta que la perdió por completo de vista y luego se paró y se quedó ahí unos segundos más observando el panorama del bellísimo lago, el cual acababa de descubrir y luego se dio la media vuelta y caminó a su casa con Party entre sus brazos el cual no pesaba mucho por cierto.

CAPÍTULO V

El calor de un hogar

Al llegar Megan a su casa abrió la puerta y se quedó un rato ahí contemplándola pues esta era demasiado pequeñita y no tenía tampoco suficientes muebles, ya que la casita contaba apenas con dos camas duras, una mesita de madera con grandes hoyos y una estufita que apenas servía y le daba vergüenza el pensar que un día fuera a visitarla Eduardo y le retirara su amistad, por no ser de su misma clase, pues así era el lugar donde vivían ella, su madre y su hermanito Bobby, ya que su padre había fallecido por una enfermedad muy grave algunos meses atrás y ahora se encontraban completamente solos y además desamparados, pues no tenían a nadie más en la vida, vaya ni siquiera a un familiar que pudiera ayudarlos de vez en cuando de alguna u otra forma y su madre lo recordaba con mucho cariño todavía pues en vida había sido un gran hombre.

Muy parecida a su hija mayor era la Sra. Olson, la cual siempre contaba con muy buen humor, a pesar de los problemas que la vida siempre le presentaba, ya que aun así se las arreglaba y salía adelante haciendo todo tipo de trabajos desde limpiar casas, planchar, lavar etc. y todo lo que fuera necesario para que no les faltara de comer nunca nada a ella y a su pequeña familia. Después mientras se sentaron todos a comer dando gracias a Dios por los alimentos del día, alguien llegó a la vivienda tocando y al parecer era una de las personas del correo que llevaba una carta o un paquete para la señora Olson.

—Ya voy, ya voy —gritó la señora Olson mientras se dirigía a abrir la puerta un poco apurada para no hacer esperar mucho a la persona que se encontraba ahí afuera. En ese momento Megan aprovechó para contarle a su hermanito el encuentro que había tenido con su nuevo amigo, el cual por cierto no era cualquier amigo de la esquina si no alguien muchísimo más importante y para ser exactos era alguien ni más ni menos que de la realeza, lo cual a Bobby eso le pareció completamente fabuloso y no quería otra cosa si no conocerlo de ser posible lo más pronto que se pudiera.

—¡Guau! ¡Que padre Megan! ¡Nunca jamás he conocido a un príncipe!

—¡Chhhhh! —le dijo su hermana callándolo rápidamente pues no quería que por nada del mundo se enterara su madre y le cubrió la boca a su hermano con una de sus manos volteando a ver a su madre, para ver si lo había escuchado, lo cual afortunadamente no fue así y entonces Bobby siguió hablando.

—Mañana por la mañana quiero ir contigo a conocerlo y jugar con su perrito Poodle —le contestó Bobby totalmente entusiasmado y platicaron del tema por un muy buen rato más, luego jugaron toda la tarde hasta que llego por fin la noche y ambos se acostaron pensando en el encuentro que tendrían hasta el siguiente día después del colegio con su nuevo amigo, sin embargo Megan no pudo dormir algunas horas de la noche recordando a Eduardo y todo lo que habían hecho ese día, hasta que después de un rato por fin logró quedarse profundamente dormida.

Ya por la mañana su mamá les ofreció un rico desayuno el cual devoraron como niños de hospicio y luego besó sus frentes, dándoles a cada uno la bendición y le recordó a Megan las mismas palabras matutinas que le repetía siempre todos los días antes de irse al colegio.

—Por favor Megan pórtate bien y ya no hagas travesuras ¿me lo prometes que lo intentarás?

—Sí mamá, ¡te lo prometo! —le contestó Megan mientras su mamá volteaba al cielo suspirando para ver si eso pudiera ser posible algún milagroso día.

CAPÍTULO VI

Dificultades en la escuela

Por otro lado mientras la señora Olson seguía y seguía hablando, cosa que a Megan le parecía siempre una eternidad, la niña guardó su resortera de la suerte en su bolsillo del pantalón, la cual le había hecho su padre una vez un día mientras todavía vivía y después se despidió de su madre dándole un fuerte beso en su mejilla.

Después de eso, unos cuantos minutos mientras caminaba rumbo a el colegio con su hermano Bobby, Megan se detuvo como de costumbre a recoger a su amiga Lulú que le quedaba de paso unas cuadras antes de llegar a la escuela y se saludaron como de costumbre con su saludo muy particular y siguieron caminando siguiéndolas por detrás su hermanito Bobby, el cual de vez en cuando tropezaba con una que otra piedrecilla del suelo y otras solo recogía una que otra flor para dársela a su querida maestra, la Srta. Philips a la cual le decían «la canica» porque era sumamente pequeña y muy pero muy gordita. Mientras tanto durante el camino y para no aburrirse demasiado, Megan solía tirarle a una que otra cosa con su resortera y de hecho tenía una excelente puntería pues a todo lo que enfocaba con la vista le daba a la primera sin titubear así fuera una simple florecilla o a una lata o a algún buzón de cartas y hasta uno que otro número de las casas los cuales ya se encontraban volteados por las travesuras de la pequeña niña.

Ya dentro del salón de clases, había dos estudiantes que le tenían mucha envidia a Megan por ser la más bonita y simpática de las niñas, aparte de que siempre estaba rodeada de niños que se le acercaban con alguna que otra excusa y jugaban con ella en el recreo, desde jugar canicas, a la resortera, fútbol, por lo cual la llamaban marimacha por estar siempre con ellos; así que realmente no era muy querida por sus compañeras ya que cuando no le metían el pie para caerse, le pisaban sus pastelitos de arena, le aventaban papelitos mojados o buscaban cualquier manera de molestarla, a lo cual Megan nunca se dejaba y por eso el rencor entre ambas ya había crecido bastante.

Después y pasadas algunas horas llegó por fin la hora del recreo y ambas niñas cogieron sus bolsitas del lonche y salieron a comer a el patio sin saber que ya ahí las esperaban Lucía y Verónica, los nombres de sus pequeñas enemigas y las cuales también ya se encontraban esperando a que se sentasen en la misma banquita de todos los días, pues tenían un plan macabro para ellas, entonces se sentaron debajo del árbol y en ese instante Lucía jaló una cuerda para que cayera sobre sus cabezas una cubeta llena de huevos aplastados y malolientes para hacerles pasar un muy mal rato a Megan y a su pequeña y gran amiga de la escuela.

Como era de esperarse y con la cabeza toda remojada y olorosa por los huevos que les habían caído encima, Megan salió corriendo detrás de ellas hasta que alcanzó a una y la arrastró como pudo hasta la cubeta en donde se subió encima de ella en su cintura y le abrió la boca para darle un poco de su propia medicina sin saber que Lucía era alérgica al huevo, entonces la niña empezó a quejarse que no podía respirar y al cabo de unos cuantos minutos empezó a llenarse de ronchas y granos; al verla de lejos la maestra corrió a auxiliarla y la llevó de inmediato a enfermería y de ahí la transportaron a el Hospital y Megan solo quedo pasmada y fue llevada de inmediato a la dirección, mientras esperaba a que viniera su mamá a recogerla por tercera vez en ese mismo mes tan ajetreado, luego pasó una larga hora hasta que por fin llegó la señora Olson que no le dirigió ni una sola palabra a Megan, mientras la observó ahí sentada con una cara de vergüenza que nomás no podía esconder y ya dentro de la dirección, Megan observó a su madre nada mas de reojo para ver si tenía un poco de compasión hacia ella, pero su madre ni se inmutó pues estaba realmente muy enojada, vaya ni siquiera la volteó a ver para darle un poco de apoyo pues el director del colegio era exageradamente estricto en todos los aspectos.

Después de unos cuantos minutos de escuchar la señora Olson al señor director decir que ya se encontraba arto de todas las travesuras que Megan hacía casi todos los días, esta trató de persuadirlo un poco diciéndole las siguientes palabras de manera muy educada, para ver si podía cambiar aunque fuera un poco su pensamiento y no fuera este un tanto duro con el castigo que ya le esperaba a la pequeña niña.

—Por favor señor director, no sea tan duro con Megan es tan solo una pequeña niña traviesa como todas las demás, además ella insiste que esas niñas siempre la están molestando y de alguna manera ella también tiene que defenderse ¿no cree usted?

Al terminar de escucharla hablar a la madre de Megan le dijo tranquilamente lo siguiente y se calmó un poco pues en realidad no tenía nada en contra de la madre de la niña la cual siempre era muy amable con todo el mundo sino más bien con su pequeña y muy inquieta hija...

—¿Acaso le parece poco lo que acaba de ocurrirle a su compañera la cual ahora se encuentra muy delicada en el hospital y que pudo llegar a morir si no hubiera llegado la maestra a tiempo? ¿O acaso le parece gracioso el talco que le pusieron a el profesor Epitasio en la entrada del salón para que este resbalara con todo y bastón por llegar siempre tarde y corriendo al aula? A ver y que me dice de la vez que aprovecharon que todos estaban en el recreo y pusieron tachuelas a cada uno de sus compañeros en las bancas para que se sentaran y se pincharan el trasero pegando todos de gritos por el dolor y haciendo además por esto un gran escándalo, o ¿qué me dice hace unas semanas de los gusanos quemadores que le pusieron adentro de la bolsa a la maestra Alicia que se levantó de un brinco corriendo espantada y resbaló por los tacones tan altos que llevaba, dejando ver por la falda levantada sus grandes y muy preciados tesoros.

La señora Olson no dijo nada, solo inclinó la cabeza avergonzada, pues sabía que en el fondo el director tenía absolutamente toda la razón y pensó que era justo que Megan se mereciera aunque fuera un pequeño castigo.

—Lo siento Megan —le dijo el director, volteándola a ver sin una poca de misericordia.

—Estas expulsada hasta lo que queda de esta semana antes de las vacaciones y entrando a clases después de las vacaciones de verano ya veremos si tu comportamiento ha cambiado aunque sea un poco.

La madre de Megan al escucharlo solo se quedó un poco seria por lo duro del castigo pero ya no quiso decir absolutamente nada, pues al fin y al cabo el director era él y no ella y solo volteó a ver a su hija de reojo para ver si así y de una vez por todas ya se corregía y escarmentaba cambiando un poco su comportamiento tan poco deseable para todos.

—Sí señor director —le contestó Megan con una mueca de tristeza en su carita llorosa y afligida y enseguida se levantaron ambas partes despidiéndose con un apretón de manos y salieron de ahí la niña y su madre la cual no le dirigió ni una sola palabra hasta llegar a la casa.

Luego, ya dentro, su madre se sentó en el sofá y empezó a llorar sin parar, como si fuera poco el día con día tan pesado para sacar adelante a sus dos hijos como para ahora batallar con las diabluras de su pequeña hija las cuales por cierto cada día se estaban volviendo más y más frecuentes.

Megan se sintió muy mal por su comportamiento y fue corriendo con su madre para abrazarla pues no soportaba verla llorar y menos que fuera por su culpa.

—Perdóname mamá, por favor perdóname —le dijo sintiéndose muy mal al verla ahí llorando por lo que fue de inmediato y le pidió sinceramente una disculpa y además le prometió como de costumbre que trataría de no hacer tantas travesuras de ahora en adelante cuando regresara a la escuela. Su madre la miró con lágrimas todavía en los ojos y le dio un beso en la frente, diciéndole que más le valía porque el día menos pensado la iba a venir matando de un infarto por tantas preocupaciones y ahora si no sabía que pudiera ser de ella y de su hermano solos en este mundo tan difícil e impredecible.

—Sí mamá, te lo prometo —le contestó Megan dándole un beso en su mejilla y un gran abrazo por haberla perdonado muy rápidamente.

CAPÍTULO VII

El lago zafiro

Ya en la hora de la comida todos los niños, tanto los Olson como los Huxley se apuraron a comer para reunirse de nuevo en el Lago Zafiro como habían acordado un día antes y Bobby como de costumbre se metió grandes trozos a su boca pues amaba la comida tanto que en ocasiones olvidaba masticarla, entonces en ese momento empezó a ahogarse y Megan se levantó a pegarle en la espalda y le dio a beber de su vaso con agua hasta que pudo pasar el trozo y respirar de nuevo normalmente.

—¿Ves? ¿Cuantas veces te tenemos que decir que mastiques bien la comida, eh? Un día de estos te vas a venir ahogando de verdad y no vamos a estar ahí ni mi madre ni yo para poder ayudarte —le dijo Megan, a lo cual Bobby únicamente la escuchó y volteó a verla apenado pues sabía que en el fondo su hermana tenía completamente la razón, pero era algo que él no podía evitar, luego al ver Megan que su madre tardaba mucho para salir de la casa le empezó a preguntar cada 5 minutos si ya se iba a ir a trabajar para poder ir ya al lago y ver a su amigo de nuevo.

—Anda mamá, ya vete, ¿no se te olvida nada?

—Mi bolso —dijo su madre apuradísima— como toda la vida.

Así que Megan salió corriendo por él y se lo dio de inmediato en la mano.

—¿Qué más mamá?

—Nada más hija —le dijo y luego la volteó a ver un poco dudosa por su comportamiento tan insistente.

—Espero que no estés planeando nada malo otra vez Megan o vayas a meter a un monstro aquí a la casa.

—¡Ay no mamá! ¿cómo crees? Es solo que se te está haciendo ya un poco tarde y no quiero que te regañen en el trabajo.

—Pero si todavía no ha llegado la vecina que los cuida.

—No te preocupes mamá, te prometo que nos quedamos aquí sentados a esperarla como de costumbre.

—Mmmmm, está bien dijo su madre volteando a ver el reloj de la pared pues ya era tardísimo y no se podía quedar ni un segundo más para esperarla.

—Adiós, pórtense bien por favor, en especial tu jovencita. Hasta que por fin cogió su bolso bordado de estambre y se despidió de ambos niños, dándoles un beso muy cariñoso a cada uno en la frente.

Por otro lado los Huxley, los cuales eran vecinos de sus primas las Windsburg, se apuraron para ir a casa de Mariana pidiéndole al chofer que los llevara de inmediato y ya estando ahí Eduardo corrió a la habitación de Mariana junto con Luis Felipe y tocaron para que Mariana los dejara entrar rápidamente.

—Pasen, ya sé que son ustedes, los vi llegar por la ventana con mis binoculares de juguete.

—¡Mariana! ¡Mariana! —le dijo Eduardo emocionado.

—Tienes que venir ahora mismo y acompañarnos.

—¿Pero a dónde?

—Ni siquiera le he pedido permiso a mi «Nana».

—No lo hagas.

Así que le contó un poco de lo sucedido el día anterior con Megan y la hizo jurar estrechando con saliva de cada uno en sus manos, que nunca le contaría a sus padres de su nueva amiga, pues jamás los dejarían tener esa clase de amigos sin educación y buenas costumbres en especial su madre Doña Catalina.

—Anda, apúrate. Tienes que acompañarnos. Deprisa, si no, no los vamos a alcanzar. ¡Apúrate!

Así que la niña cogió su sombrerito y su peluquita y se los puso y el chofer los llevó de nuevo de regreso a su casa que estaba solo a unos cuantos minutos de ahí y llegaron inmediatamente.

Ya en casa de Eduardo de nuevo, Mariana los siguió hasta el jardín un poco extrañada al ver que iban a salir por el agujero de la pared cubierto de plantas.

—¿Por qué vamos a salir por ahí? ¿Acaso es posible?

—Luego te explico, ven apúrate —le dijo Eduardo.

Y ya del otro lado siguieron caminando hasta que vieron a lo lejos a sus nuevos amigos que ya se estaban retirando pues llevaban largo tiempo esperándolos hasta que ya se habían cansado.

—¡Esperen!

—¡No se vayan por favor! —gritó Eduardo haciéndoles señas desde lejos.

Luego ya juntos todos, se acercaron un poco más, pero ninguno dijo ni una sola palabra y solo se observaron unos a otros y Mariana por ejemplo, pudo notar lo bella y humilde que eran Megan y su hermanito Bobby los cuales ambos tenían sus zapatitos rotos y su vestimenta descocida y también lucían un poco desaliñados. Por el contrario, Megan veía los trajecitos y zapatitos elegantes que ambos vestían y sus cadenitas de oro y empezó a sentirse un poco avergonzada por eso por lo que siempre de buen corazón y sin hacer sentir mal a los demás Mariana se dio cuenta de eso así que se acercó y le extendió la mano a Megan para presentarse con ella y ya no se sintiera tan incómoda.

—Hola, mi nombre es Mariana, mucho gusto en conocerte —le dijo.

A lo que Megan correspondió al saludo mostrando una gran sonrisa y también se presentó tímidamente lo cual no era muy común en ella.

—¡Hola, mucho gusto en conocerte también! —le contestó inmediatamente sintiendo gran confianza hacia ella desde un principio y así se presentaron cada uno hasta que rompieron al fin el hielo por un momento y luego se sentaron a platicar contando bromas y chistes y un sin fin de historietas por largo tiempo.

De hecho Mariana les contó que cuando todavía era muy pequeñita, había ido a un lago por ahí cerca tan bonito como ese un día con su abuelita la reina, la cual ya había fallecido apenas unos cuantos meses atrás y recordaba una historia que nunca jamás iba a poder olvidar.

Y la compartió con ellos un poco triste, pues todavía la extrañaba muchísimo, sin poder creer todavía que ya no estuviera con ella como antes. Su abuelita le había contado que cuando ella estaba aún muy pequeña, un día que se encontraba jugando un poco lejos de aquel lago cortando florecitas y metiéndolas en su canastita una tras otra y muchas cositas más como hojitas, piñitas y todo lo que iba viendo a su paso, de pronto la reina se distrajo solo unos segundos y notó que Mariana ya no se encontraba ahí cerca así que se paró de inmediato para buscarla y un poco más lejos vio a una señora vestida de azul con la cabeza cubierta también de un manto blanco cerquita de su nieta, al mismo tiempo que Mariana estaba a punto de caer en un enorme agujero que alguien había cavado para plantar un árbol ahí mismo y sin embargo de pronto sintió mucha impotencia pues no la alcanzaba para rescatarla de tal peligro; entonces notó que la señora al ver a Mariana a un paso de caer y lastimarse su cuerpecito, esta de inmediato la tomó y la salvó de caer en ese agujero tan profundo. La reina se acercó corriendo agradeciendo a la señora por haberla salvado y comentó que la bella dama tenía una sonrisa con tanta ternura y dulzura como nunca jamás antes había visto en nadie, luego, la reina subió a la pequeña Mariana en brazos besándola y abrazándola cerciorándose de que estaba perfectamente bien y cuando volvió a voltear para despedirse de la señora y agradecerle de nuevo por su enorme gesto, ella ya no estaba y se había desaparecido, cosa que hizo que su abuelita quedara muy impactada por eso y luego pensó que quizás había sido un ángel el que la había salvado o hasta la misma virgen la cual ya habían visto muchas veces en la iglesia y que era muy parecida a la señora que habían visto esa misma tarde ahí en el lago.

—¡Oh! —dijeron todos al escuchar la historia de Mariana y contaron unas cuantas historias más algunas chistosas y otras de miedo y luego jugaron algunos juegos en el suelo hasta que después se le ocurrió a Megan que jugaran a esconderse en ese lugar tan inmenso y tan fascinante para todos.

—Vamos a jugar a las escondidas.

—¡Siiiií! —gritaron todos emocionados aplaudiendo, en especial Mariana que se encontraba tan contenta jugando fuera del castillo con niños tan buenos y sencillos, de hecho se sentía tan bien que ninguno de ellos la veía como un bicho raro como todos los odiosos de su escuela que nada más la molestaban o le decían cosas hirientes.

—Está bien —dijo Eduardo, pero yo empezaré a contar primero. Y así lo hizo contando rápidamente del uno hasta el cien y justo cuando terminó de contar les gritó con voz muy fuerte a todos lo siguiente para que lo escucharan y se pusieran listos si todavía no tenían algún escondite en mente.

—Listos o no ahí voy —dijo y como era de esperarse todos encontraron un buen escondite pues era difícil saber en dónde se habían metido ya que había muchos arbustos y árboles por doquier pero.

Sin embargo las ganas de Luis Felipe por ir al baño eran mucho más grandes que quedarse ahí escondido, pues ya no aguantaba más, así que salió corriendo gritando lo siguiente completamente desesperado:

—Me rindo, me rindo.

Y se bajó el pantalón en el arbusto más cercano dejando al descubierto sus pequeñas pompitas pálidas por lo que Megan no aguantó las ganas de reírse, todavía subida y agarrada muy bien de un árbol. Y soltó una pequeña carcajada, a lo que Eduardo al escucharla inmediatamente grito «1, 2, 3 por Megan que esta allá arriba del árbol» y bajó la pequeña niña aún riendo hasta llegar al suelo sin poder evitarlo.

—Mmmm ¿quién falta? —se preguntó Eduardo buscando por todos lados a Mariana y así pasaron quizás unos minutos más, pero Mariana nomás no aparecía por ningún lado, entonces Eduardo se alejó del escondite de Mariana y ella aprovechó y salió corriendo hasta «casa» para salvarse a ella y a todos sus amigos, pero al llegar ahí todos se quedaron muy serios al observarla un poco apenados, pues su peluquita y su sombrero se habían quedado atorados en el arbusto donde se había escondido, así que la niña al ver la reacción de cada uno se tocó la cabeza y notó que estaba calva y sus ojos se llenaron de lágrimas y salió corriendo por el camino que la llevaba de vuelta hasta la casa de su primo. Eduardo, el cual nunca la había visto así entonces de inmediato trató de alcanzarla, pero Mariana corrió tan fuerte dejándolo atrás por un buen tramo, así que se regresó al arbusto para recoger su sombrerito y su peluquita dorada y se apresuró para poder alcanzarla y verla allá en la casa.

—De igual manera todos salieron corriendo también detrás de él, pero por supuesto Mariana llegó primero que ellos y luego entró de nuevo por el camino secreto pero de pronto se empezó a sentir muy mal y no pudo contenerse, así que se desmayó y cayó como una frágil pluma sobre el piso. Afortunadamente uno de los sirvientes la vio a lo lejos y la recogió y la llevó hasta su recámara y le hablaron a su madre por teléfono, la cual como de costumbre estaba en uno de sus eventos sociales y de ahí Mariana fue llevada de inmediato al hospital, pues se había debilitado demasiado y se había expuesto mucho a la intemperie. Eduardo y Megan ni tiempo tuvieron siquiera de despedirse en el lago y ya en el castillo Eduardo le pidió a su madre que hablara al hospital para ver como seguía Mariana.

CAPÍTULO VIII

El árbol Frankenstein

Catalina estaba muy molesta con los niños especialmente con Eduardo, pues siendo el mayor siempre recaía en el toda responsabilidad disculpando siempre a Luis Felipe pues no se daba cuenta que Eduardo era solamente un niño. Además y como si eso no hubiera sido suficiente le dio unas buenas nalgadas sin razón alguna y mientras lo hacía Eduardo le gritó con lágrimas en sus ojos que le permitiera decirle exactamente todo lo que había sucedido cosa que ella no quiso en absoluto.

—Mamá, mamá por favor déjame explicarte. Claro que no pensaba contarle que habían salido del castillo pues se había cerciorado antes que hubiera quedado bien tapado el orificio con las piedras y los arbustos a lo que su madre inmediatamente lo calló y no le dio ni una sola oportunidad de hacerlo.

—No quiero escuchar ni una sola palabra de ti Eduardo, estoy muy molesta contigo —le dijo y luego se dio la media vuelta y lo dejó ahí solo e indefenso con una culpabilidad que no le cabía en el pecho.

—¡La odio, la odio! —gritó repetidas veces al mismo tiempo que tiraba como de costumbre todo lo que se encontraba cerca de él para luego golpear con todas sus fuerzas la pared; dejando sus pequeñas manos totalmente rojas e inflamadas las cuales en unos cuantos segundos se estaban empezando a poner moradas.

Luego se sentó por ahí en un rincón odiando cada día más a su madre que nunca lo comprendía y Luis Felipe al verlo ahí sentado solo y triste se acercó y se sentó a un lado de él recostándose en su hombro para hacerle un poco de compañía.

Ya pasados algunos días del incidente Mariana regresó a casa totalmente mejorada y le pidió a su madre que le permitiera que vinieran a visitarla sus primos a la casa y además le dijo que ahora sí se portarían perfectamente bien y que tenía para eso su palabra, a lo que su madre, la cual siempre la complacía en todo, le dijo inmediatamente que sí, pues en el fondo siempre sentía cierta culpabilidad, pues nunca se encontraba en casa por cumplir con sus compromisos sociales, al igual que su hermana Catalina pues casi todo el tiempo andaban juntas para todos lados.

Pasadas unas horas, por fin llegaron de nuevo al castillo Eduardo y Luis Felipe. Y como de costumbre subieron a la habitación de su prima para verla y jugar con ella y luego tocaron y entraron inmediatamente y ya ahí Mariana cerró la puerta y les dijo que tenía algo muy importante que contarles.

—Pasen, entren inmediatamente —les dijo y luego asomó la cabeza por el pasillo para cerciorarse que nadie más viniera y después cerró la puerta dando un gran portazo.

—¿A que no saben qué? —les dijo en voz baja para que nadie fuera a escucharlos y mucho menos Larissa que siempre andaba por ahí cerca merodeando.

—¡Acabo de descubrir un pasadizo secreto! —les dijo todavía murmurando a lo que los niños al terminar de escucharla solo voltearon a verse un poco intrigados llevándose además ambas manos hasta la boca sin decir absolutamente nada.

—¿Pero de que estás hablando Mariana?

—¿Estás completamente segura de lo que estás diciendo?

—¿Cómo lo descubriste? ¿En dónde está? —le preguntó Eduardo sin ni siquiera dejarla contestar ninguna sola pregunta y luego se quedó callado para ver si Mariana tenía que decirle alguna otra cosa interesante con respecto al tema.

—Está en el cuarto de mi mamá —les dijo al fin la pequeña.

—¡Queeeeé!

—Pero ¿cómo?

—Ahí no hay nada, una vez entramos y no se veía nada raro —le contestó Eduardo. Pues estaba seguro de que ahí no había completamente nada.

—¿Estas completamente segura de lo que estás diciendo? —siguió insistiendo también Luis Felipe pues le parecía muy extraña ese día la actitud de su querida prima Mariana.

—¡Siiiií! Completamente segura —volvió a decirles, pero ahora con una pequeña mueca de disgusto por su incredulidad y luego siguió hablando.

—Muy a menudo voy sin que nadie me vea entrar y esculco todas sus cosas y le robo también unas que otras, por lo que hasta ahora gracias a Dios no se ha dado cuenta. Y en una de esas mientras seguía haciéndolo, sin querer me tropecé con el tapete del duelo y me estrellé en uno de los cuadros de la pared y este se movió un poco, entonces pude notar de reojo unas teclas con letras que estaban detrás del cuadro, así que lo moví un poco más pues estaba pesadísimo y en ese momento me di cuenta que esto servía para abrir algo, pero no sabía qué. Así que supuse que necesitaba de una clave o una palabra y eso me llevaría a descubrir algo y tampoco sabía cómo lo conseguiría. Entonces lo intenté por varios días a cada hora que podía e incluso me tuve que esconder debajo de la cama una que otra vez al escuchar que alguna sirvienta o mamá estaban a punto de entrar y escribí varios nombres, frases y mil cosas más, hasta que se me ocurrió un día escribir el nombre de tu mamá ya que es la persona que más ama la mía en todo el universo completo y siempre se han adorado; así que lo escribí y pensé que podría funcionar. Luego escribí María Catalina Isabel y no funcionó, así que lo escribí al revés y ¡cataplum! De pronto se abrió una de las paredes y me quedé perpleja por el gran descubrimiento que había hecho; así que entré rápido por si esta se volvía a cerrar y así fue, se cerró cuando yo estaba ya del otro lado. Para esto, había cerrado primero la puerta de la habitación con llave por dentro, pues nadie sabe que tengo la copia de la llave de la habitación de mamá y solo el ama de llaves y yo podemos entrar en ella. Entonces cuando la pared se cerró, empecé a caminar y caminar con mucho miedo por un camino largo que parecía no tener fin y estaba muy obscuro, pero de pronto vi una luz a lo lejos que venía de arriba como de un techo y me acerqué un poco más y estando ahí debajo noté que se encontraban unas escaleras de fierro pegadas a la pared y entonces empecé a subirlas hasta que topé y había encima de mí una alcantarilla muy pesada por cierto y pude darme cuenta, al ver un poco, que estaba pasando por debajo de unos jardines con un enorme lago que se encuentra exactamente entre tu castillo y el mío y se los juro que en ese momento no lo podía creer; entonces bajé las escaleras y decidí seguir caminando para averiguar hasta dónde me llevaría lo que faltaba de camino sin poder ver absolutamente nada y me topé entonces con una puerta que tenía un candado y hasta ahí llegué; pues supongo que habrá una llave que pueda abrir tal candado pero no sé dónde la pueda encontrar y ya me cansé de buscar en todos lados pues nomás no he podido encontrarla.

—No te preocupes Mariana, cuando llegue a mi casa, entraré al cuarto de mamá y revisaré completamente todo a ver que puedo investigar —le dijo Eduardo a su prima para poder tranquilizarla un poco.

—Por lo pronto vengan —continuó Mariana con su charla. Vamos al cuarto de mamá, ahí les enseñare todo el truco y luego iremos por el túnel hasta la alcantarilla y subirás e iras al árbol Frankenstein para que les dejes pegada una nota a Megan y Bobby para encontrarlos mañana a la misma hora de siempre pues tengo unos obsequios que quiero entregarles a nuestros nuevos amigos especialmente a Megan a la cual ya comienzo a tenerle un poco de cariño.

—Por cierto Eduardo —le dijo Mariana a su primo cambiando un poco del tema.

—No creas que no me he dado cuenta como la observas siempre, se ve que sientes algo por ella.

A lo cual Eduardo solo se sonrió un poco apenado por lo que le decía su prima pues era tanta la confianza que ambos se tenían que solo Mariana le podía decir cualquier cosa que ella quisiera; entonces fueron por el túnel todos juntos y esperaron a Eduardo que movió la alcantarilla como pudo y salió para dejar la nota clavada en el árbol en una de sus ramas picudas con un cordoncito para que no se lo llevara el aire y regreso de nuevo a la alcantarilla.

—Ya llegué —dijo el niño bajando cuidadosamente las escaleras y luego corrieron de nuevo por bastante camino hasta que se toparon con la pared que les había comentado Mariana, la cual por cierto tenía un candado un poco extraño, tal cual como el que les había dicho la niña.

—Bien, y ahora ¿cómo lo vamos a abrir? —dijo Luis Felipe un poco pensativo y luego siguió hablando.

—Ahora en donde podremos encontrar la famosa llave que abre este candado tan original si es que realmente existe alguna.

—Mmmmm, no lo sé, supongo que le preguntaré a mi abuelita en uno de mis sueños si es que tengo alguno con ella esta noche.

A lo cual Eduardo al terminar de escuchar hablar así a su querida prima, solo volteó a ver a Luis Felipe con un poco de duda pues pensaba que lo que Mariana decía era solo producto de su imaginación y que les quería jugar únicamente alguna broma pesada.

—¡Ay Mariana! Siempre dices que vez a nuestra abuelita algunas veces en tus sueños, pero no te creemos, ya enserio dinos si eso que dices es realmente verdadero o solo lo dices para asustarnos.

—¡Es cierto, se los juro! Yo nunca jamás te he dicho mentiras ni a ti ni a nadie cuando les cuento de mi abuelita, te lo juro, yo nunca te mentiría y menos a ti Eduardo. A lo que él simplemente le contestó un «bueno si tú lo dices» y luego se regresaron de nuevo a casa de Mariana y ahí se dirigieron al cuarto de su madre donde escribieron la clave secreta también detrás de la pared y se abrió esta también de nuevo. Ya del otro lado, Mariana abrió con cuidado la puerta de la habitación de su madre y sacó un poco la cabeza al pasillo para cerciorarse de que no hubiera nadie caminando por ahí cerca.

—Salgan rápido, salgamos todos —les dijo presurosa y casi corriendo se dirigieron a su habitación, pero a la mitad del camino los encontró Ana el ama de llaves, la cual llevaba ya buen rato buscándolos por toda la casa.

—Pues ¿dónde andan niños traviesos? que los he estado buscando por todos lados.

A lo que ellos solo se quedaron atónitos mientras la escucharon y Mariana le contestó lo siguiente para poder despistarla un poco:

—Solo por ahí jugando, no debes preocuparte Ana, todo está bien—le dijo.

Y luego todos al mismo tiempo se despidieron con un simple «Adiooooós», mientras se dirigían a la enorme estancia, la cual contaba con una pantalla gigante de plasma, sillones enormes, un palco con sillas y una que otra cama por si alguien quisiera recostarse cómodamente.

—¿Qué le vas a regalar Mariana? —le preguntó Eduardo con un poco de duda pues sabía que su prima siempre era muy espléndida y en especial con los más necesitados.

—Mañana lo verás, es algo que les va a gustar mucho, en especial a Megan.

—Eres tan buena. Por eso te quiero tanto —le dijo Eduardo dándole un gran abrazo.

Ahí permanecieron los Huxley hasta el día siguiente como casi todos los fines de semana y ya por la mañana desayunaron crepas de crema de avellanas con cacao y de crema de cacahuate. Y otros con mermelada de fresa. Luego se bañaron, se vistieron y también jugaron hasta que se dio de nuevo la hora del encuentro.

—¡Vámonos ya! —dijo Mariana sin hacer ruido.

Y una vez más se dirigieron al cuarto de su mamá muy cuidadosamente para no ser vistos por nadie, trayendo además con ellos la mochila llena de cosas para regalárselas a sus nuevos y también muy pobres amigos. Caminaron bastante por el corredor hasta que llegaron a la alcantarilla y de nuevo subieron por las escaleras y salieron uno a uno apreciando el bellísimo paisaje del lago, el cual era inmenso y muy bello y desde ahí se podía apreciar también muy retirado el otro castillo del otro lado del lago el cual también se encontraba bardeado, luego caminaron un poco más hasta que llegaron al árbol Frankenstein, llamado así por sus ramas tan peculiares, las cuales simulaban o parecían ser unas manos gigantes y monstruosas que salían a los lados de ese enorme e impactante árbol; el cual era su favorito en ese lugar tan increíble.

CAPÍTULO IX

Unas zapatillas nuevas

Y cuando llegaron estaban ya ahí esperándolos como de costumbre, muy alegres y muy contentos sus nuevos amigos, los niños Olson; los cuales se saludaron ambos como de costumbre muy cordiales y contentos, pero luego notaron que Megan se cubría su cabello con un paliacate de tela y por más que la veían y la veían nadie decía nada por prudencia para no ser groseros con ella, luego la niña desenredó el nudo del paliacate y se lo quitó, dejando al descubierto su cabeza. Y todos la miraron asombrados pues no podían creer lo que Megan acababa de hacer con su hermoso cabello claro y ondulado, el cual ya no tendría por largo tiempo.

—¡Ooooh! —Todos exclamaron al ver que se había cortado el cabello súper cortito todavía más que un niño y esto lo hizo para que Mariana no se sintiera mal cada vez que la viera con su cabello largo y hermoso. Como era de esperarse todos se quedaron sorprendidos con la boca abierta en especial Mariana la cual se acercó a ella y le dijo muy agradecida las siguientes palabras sin poder creerlo todavía:

—¡Eres la mejor amiga que jamás he tenido Megan!

—Y tú también eres la mía Mariana —le contestó la pequeña Megan y por último le dio un gran abrazo el cual duró unos cuantos segundos.

Luego alcanzó su mochila y la abrió entregándole a Megan un par de zapatitos nuevos y un vestidito color rosa que ella ya no usaba, pero que lucían impecables. Y Megan al observarlos se quedó perpleja, pues eran cosas muy hermosas que ella sabía que nunca jamás iba a poder tener y por un instante no supo ni que decir ni que pensar, pues estaba sumamente apenada y luego de un rato y tratando de contener un poco las lágrimas solo le dijo lo siguiente a su nueva y ya muy querida amiga:

—No debiste molestarte, de verdad Mariana, eres muy amable, no sé cómo corresponderte, pues yo no tengo nada bonito que darte.

—No te preocupes Megan, yo no necesito nada gracias a Dios, solo quiero tu amistad, pues yo jamás he tenido amigas, solo tú que por cierto desde que te conocí siempre te has portado increíblemente conmigo.

Y luego ambas se tomaron sonriendo de las manos y Eduardo también saco de su bolsillo unas monedas que había ahorrado de su alcancía y se las entregó a los niños de igual manera que su prima muy emocionado, lo cual no era mucho, pero con eso podrían comprar algo de comida para unos cuantos días. Megan no sabía que decir; realmente estaba muy apenada y Bobby también; así que mejor permanecieron callados y una vez más abrazaron por largo tiempo a sus muy buenos, pero sobre todo muy caritativos amigos.

Ese día los niños no demoraron tanto, solo jugaron un pequeño rato para no levantar sospechas de a donde se dirigían a jugar todos los días a esa misma hora. Así que pasada solo la media hora del rencuentro, se despidieron y se regresaron todos a sus casas muy contentos de haberse visto de nuevo.

Al llegar a casa, los niños Olson estaban como de costumbre al cuidado de una de sus vecinas, mientras llegaba su madre de trabajar por la tarde. Megan no se había quitado el paliacate que tenía en la cabeza, aunque por dentro ya sabía la regañada que le esperaba cuando llegara su madre y mejor decidió no pensar en eso todavía hasta que sucediera.

—¿Dónde están los niños? —les preguntó la vecina al abrirles la puerta.

—Llevo ya rato esperándolos, ¡me tenían muy preocupada!

—Solo estábamos jugando afuera un rato, no se preocupe, ya estamos aquí de nuevo.

—Está bien, pasen, pasen —les dijo mientras terminaba de recoger unas cosas que se encontraban tiradas por todos lados en la casa.

—¿Qué tienes en la cabeza niña?

—¿Qué te hiciste? —le preguntó la señora queriéndole quitar el paliacate.

—¡Nada, absolutamente nada! —le contestó Megan dando unos cuantos pasos para atrás, alejándose de ella, pues temía que fuera a quitárselo y se sentó entonces por ahí cerca en un silloncito.

—¡Ay Dios mío! —Se quedó Megan pensando en lo que le iba a decir su madre cuando la viera.

—¿Y si ahora sí se muere de un infarto?

—¿Y ahora que voy a hacer cuando me vea?

Se dijo así misma afligida, acordándose de las palabras que le había dicho aquella vez su madre en la escuela. Después pasaron un par de horas más hasta que por fin llego la señora Olson y se despidió de su vecina con mucho cariño, pues eran muy buenas amigas desde hace ya algo de tiempo y luego entro y colgó su bolsa. Y antes de que hiciera cualquier otra cosa, sus ojos se fijaron completamente en Megan y en su cabeza. Y entonces suspiró lentamente como era su costumbre para no explotar y le dijo lo siguiente a la pequeña niña.

—¿Me puedes explicar en este preciso momento porque traes eso puesto en la cabeza? —lo cual al escucharla Bobby mejor salió a esconderse debajo de la cama para no ver lo que le esperaba a la pobre de su hermana en ese momento

Megan tragó saliva antes de decir una sola palabra y se quitó lentamente el paliacate volteando su rostro hacia el piso. Al verla su madre se dejó caer sobre el sofá que estaba a un lado de ella y se dijo así misma lo siguiente, tratando de contener por un momento las lágrimas…

—¡No puede ser Dios mío! ¿Por qué me pasan a mí todas estas barbaridades?

Eso sí, una de las principales cualidades de la señora Olson así estuviera lloviendo, tronando y relampagueando, es que siempre, siempre, guardaba la calma y la compostura ante cualquier situación; así fuera está muy incómoda o demasiado alarmante.

—¡Y bien, estoy esperando una respuesta! —dijo en un tono ahora más molesto.

—Bueno, mmmmm es que lo hice por una amiga mamá —le contestó Megan mientras miraba una vez más hacia el piso.

—¿Cómo que por una amiga?

—¿Por Lulú?

—No mamá, por otra amiga que acabo de conocer. Déjame que te explique.

Y así entró en detalle Megan contándole todo a su mamá, desde el día en que todos los niños se conocieron, sin mencionar claro, que estos niños eran los príncipes herederos a la corona. Además le contó cómo le había afectado haber visto a su pequeña amiga avergonzada aquel día sin pelo cuando jugaron a las escondidas. Ya que Eduardo le había contado en secreto ese día que Mariana tenía una enfermedad incurable y que por eso se le caía el pelo por las quimioterapias tan fuertes que le daban muy seguido para curarla.

La señora Olson, la cual era una persona muy sentimental, al escucharla le brotaron unas cuantas lágrimas de los ojos y abrazó a su hija por tan noble gesto.

Bueno, en realidad no te quedó tan mal Megan, haber solo ven a emparejártelo un poco y estará como nuevo. Y así lo hizo dándole unos cuantos cortes, hasta que por fin quedó de buen ver la pequeña niña. Megan parecía sin lugar a dudas un niño pero eso créanlo que por Mariana, no le importó en absoluto.

CAPÍTULO X

El castillo Winsburg

Por otro lado en el castillo Winsburg en el cuarto de Mariana, tanto Eduardo como su prima, pasaban largas horas jugando y platicando y a Mariana le encantaba eso; pues su primo tenía el don de hacerla siempre reír con sus ocurrencias y nunca se quejaba de nada frente a ella y siempre le daba una solución a los pequeños problemas que se le presentaban. De hecho en el colegio él era todo un líder pues siempre se mostraba muy inteligente pero sobre todo muy seguro de sí mismo a su tan corta edad y Mariana se sentía siempre muy segura a su lado.

De pronto todo se empezó a poner muy obscuro y se empezaron a escuchar a lo lejos truenos que iluminaban las paredes y dejaban ver sus sombras reflejadas detrás de ellos y todos voltearon a verse mutuamente y bajaron corriendo las escaleras para unirse a los demás, que se encontraban en la estancia viendo una película de Walt Disney. En ese momento se dejó caer un estruendoso rayo dejando sin luz a todos por varios kilómetros a la redonda y entonces todos gritaron ¡Aaaaah! tapándose los oídos y algunos hasta los ojos. Después de una media hora eterna para los niños al fin dejó de llover y se podía apreciar por las enormes ventanas de vidrio que daban hacia el jardín, como caían solo las últimas gotitas hasta cesar por completo. El sol empezó a salir y el pasto lucía empapado y de un verde muy reluciente y de igual manera los pajarillos empezaron a salir de su escondite y los niños empezaron a relajarse después de la tormenta que les había parecido muy ruidosa. Sin embargo lo que más llamaba la atención en el exterior era un inmenso arcoíris como pocos se habían visto tan grandes ahí en la ciudad y se apreciaba hasta el fondo como cruzaba de lado a lado en las altísimas montañas allá a lo lejos.

—¡Guau! —dijeron todos al contemplarlo.

—¡Pero qué bello es! Se seguían diciendo mutuamente mientras que en ese momento y llegando por atrás se acercaba Larissa la hermana mayor de Mariana y sin hacer un solo ruido al ver que estaban sentados juntos los hermanos Huxley hizo chocar sus cabezas haciéndolos rebotar sin compasión alguna. «Ja ja ja ja» soltó unas cuantas carcajadas la pesada de Larissa viendo los rostros enojados de sus queridos primos.

—¡Te odio Larissa! —le contestó Eduardo molesto.

—Pues es mutuo querido primito —le contestó la pedante de su bellísima prima.

CAPÍTULO XI

El diluvio que trajo el arcoiris

De pronto, al admirar todos al fondo ese hermoso arcoíris, el cual siguió ahí todavía por unos cuantos minutos más, Mariana le preguntó a su hermana con una poca de duda lo siguiente... esperando obtener alguna respuesta rápida a su incógnita la cual ya tenía desde hacía muchísimo tiempo atrás...

—Larissa, ¿cómo se forman los colores del arcoíris? A lo cual la joven al escucharla no supo exactamente como contestarle, pero de lo que sí se acordó era de la parte en que la Biblia mencionaba el gran diluvio y entonces empezó a relatarles la historia tal cual como se mencionaba en el sagrado libro.

—Bueno, hace miles y miles de años, Dios le dijo a un hombre llamado Noé que iba a destruir la tierra, porque ya existía mucha maldad en ella. Entonces le dijo que tenía que construir un arca, es decir, como un barco gigante porque ahí iba a meter a toda clase de animales sobre la tierra y lo tenía que hacer rápidamente porque iba a llover durante muchos días y muchas noches sin parar, tanto, que no iba a sobrevivir nada ni nadie que no estuviera dentro del arca. Y saben, así lo hizo. Cuando Noé terminó de construir el arca, metió a toda clase de animales y a su familia y entonces empezó a llover y a llover hasta que el arca flotó por muchísimo tiempo; hasta que por fin un día pudieron tocar tierra para después bajar a todos sus familiares y a todos los animales que había traído con ellos. Entonces, como regalo a su fidelidad, Dios les mandó un hermoso arcoíris como una alianza o un pacto entre los hombres y juró que nunca jamás enviaría otro diluvio igual sobre la tierra.

—¡Oooooh! —Todos exclamaron al mismo tiempo al escuchar la fantástica historia de la joven.

Pero Larissa le preguntó dudosa su hermana: —¿Qué hay exactamente al final del arcoíris?

—¿Es cierto que hay un duende cuidando un gran tesoro para que nadie se lo lleve? —le preguntó Eduardo con curiosidad pues era lo que todo mundo pensaba acerca de eso.

Entonces en ese momento a Larissa, la cual tenía muchísima imaginación, se le ocurrió una gran idea y les inventó una gran historia a los niños para seguir teniéndolos entretenidos por un buen rato y que no se aburrieran.

—¡Ja ja ja! ¿Pero quién te dijo eso? ¡Por supuesto que no! Hay algo muchísimo mejor que eso —les dijo la joven, por lo que los niños se quedaron aún más intrigados con eso y siguieron escuchándola totalmente atentos.

»Bueno —dijo—, pues se lo voy a contar; pero es una larga historia de la cual nadie habla, pues son muchos los que se han querido apoderar de los colores del arcoíris, pero nunca jamás nadie lo ha logrado. Bueno —agregó—, al menos nunca ningún adulto, únicamente un niño.

Con la boca abierta se voltearon a ver los niños y entrados en la plática después observaron fijamente a Larissa la cual continuó hablando sin lograr sacar siquiera en ellos ni un suspiro ni un pestañeo de ojos.

»Hace muchos, pero muchísimos años atrás, cuentan que cayó una gran tormenta como jamás había caído ninguna antes allá atrás de aquellas montañas que se ven a lo lejos —dijo Larissa.

Apuntó por el enorme ventanal que daba al jardín y luego siguió contando la historia pues en especial ese día se encontraba sumamente inspirada.

»Saben ese día había llovido tanto que muchas personas perdieron sus casas e incluso hasta sus vidas.

—¿Cómo en el diluvio que nos contaste Larissa?

—Bueno sí —contestó la joven— más o menos como el diluvio de la Biblia.

Y continuó con la plática haciendo una pequeña mueca pues estaba siendo muy a menudo interrumpida por sus pequeños primos.

»Pero aun así siempre salía en el mismo lugar, atrás de esas montañas. Había aventureros que incluso se quedaban meses acampando ahí, hasta que cayera la gran tormenta. Pues ahí mismo se encontraba un pozo, el pozo de los deseos y el cual se encontraba justamente ahí al final del arcoíris, no había ningún duende, ni cofre ni nada por el estilo; había solo un pozo. Y ¿saben que es lo que buscaban esos aventureros al beber del agua encantada?

—¡Nooooo! —dijeron los pequeñines al mismo tiempo que movían la cabeza cada uno hacia los lados—. «La felicidad eterna».

De pronto los ojos de Eduardo tuvieron un brillo especial y suspiró lentamente. Después de eso el primer pensamiento que pasó por su mente fue el de Mariana, ya que por fin cumpliría su deseo; entonces, se la imaginó, corriendo por jardines hermosos, con su cabello largo, bronceada por el sol y llena de vida como él la recordaba hace apenas unos cuantos meses atrás, cuando todavía era una niña sana que siempre se encontraba riendo. Cosa que ahora ya casi nunca hacía. Luego volvió en sí cuando su prima siguió contando la historia y puso más atención que nunca pues no quería perderse ningún solo detalle para poder llevarse a su prima con ella hasta las montañas y así cumplirle al fin su deseo de poder estar sana de nuevo algún día.

Pero saben una cosa, esto no era tan fácil como parecía, pues mucho después de que salía el arcoíris, tomaban agua del pozo encantado, esperando poder cumplir sus sueños y entre las cosas que tanto pedían era unos tener dinero, otros ser grandes magos, otros ser grandes reyes e incluso algunos querían hasta volar. Pero solo se podrían cumplir antes de que desapareciera el arcoíris y además debías tener un alma pura y un gran corazón para que se te cumpliera tu deseo, cosa que nunca jamás nadie lo pudo lograr, excepto un niño, el cual por cierto era más o menos de su edad y no se sabe con exactitud que fue de él pero muchos dicen que pidió un gran reino y se fue muy lejos a reinar y otros dicen que su corazón era tan puro que había pedido el poder de curar y a todo aquel que tocaba lo sanaba cualquiera que fuera su enfermedad y entre esa y mil cosas más se dijeron acerca de ese pequeño, pero de pronto un día desapareció y desde entonces, nadie jamás ha podido cumplir sus deseos y tampoco han ido al pozo; pues ahora solo se cree que quizás fue solo un mito, cosa que yo sinceramente dudo mucho, pues yo sí creo en los milagros y siempre creeré en ellos.

Ya sin saber que más agregar a su historia, Larissa se levantó y se dirigió a la cocina por un litro de nieve de choco almendra y se salió al patio y se sentó en una de las banquitas a admirar el arcoíris que ya estaba casi a punto de desaparecer. Ahí se quedó por largo rato muy tranquila, mientras que Eduardo, Luis Felipe y Mariana se levantaron de inmediato y se dirigieron al cuarto de juegos, que era enorme con mil juguetes para jugar, desde camas elásticas, brinca brincas, aviones y carros a control remoto, pelotas gigantes con agarraderas para revotar y un sinfín de cosas más. Y se abrazaron y empezaron a brincar por todo el cuarto de felicidad, pues sabían que si lo intentaban quizás lo podían lograr y ahora solo estaban esperando que terminara el día para ir a contarles el siguiente día la gran noticia a sus nuevos amigos, a los cuales también les pedirían que los ayudaran a lograr esta gran hazaña;

la cual estaban decididos a llevar a cabo hasta sus últimas consecuencias.

CAPÍTULO XII

El túnel secreto

Ya en su casa por la mañana, Eduardo esperó como de costumbre que sus padres salieran a cumplir con sus compromisos sociales, que eran desde visitar hospitales, desayunos con las damas voluntarias, ir a supervisar los negocios de la familia y un sin fin de cosas más que siempre los mantenía muy ocupados; así que al verlos salir por la ventana apuradísimos sin ni siquiera despedirse de él con un beso, se subieron a la limosina y se fueron perdiendo de vista hasta quedar un minúsculo punto a lo lejos, el cual desapareció al dar el coche vuelta a la derecha en la esquina y entonces Eduardo inmediatamente corrió por los pasillos y se cercioró que nadie lo viera entrar a la recámara de sus padres, que era enorme. Y ahí empezó a buscar por debajo de los tapetes, atrás de los armarios y de los cuadros de la pared que eran grandes obras pintorescas y estaban sumamente pesadas. Y siguió buscando detrás de cada uno, hasta que de pronto en uno de ellos encontró un teclado con letras igual que el que Mariana le había contado en el cuarto de su madre, así que cerró la puerta de la habitación y empezó a pensar si la clave sería el nombre completo de su tía, como había sucedido con Mariana escrito al revés así que sin dudarlo decidió escribir Carolina María Estefanía y justo en ese preciso momento una de las paredes de la recámara se abrió y Eduardo se quedó perplejo y entonces sin dudarlo siguió el túnel para ver hasta donde lo llevaba. Y caminó y caminó, llevando consigo una linterna en la mano. Y entonces, se topó más delante con la misma puerta con candado que dividía el camino del castillo de Mariana y el de él mismo.

Entonces Eduardo se regresó de nuevo a la habitación y observando por todos lados pensó:

—¿Dónde podrá estar esa llave que abre la puerta del túnel que no me permite seguir el recorrido al Lago Zafiro?

Después recordó que una vez que había ido al ático, ahí se encontraba un cofre grande muy antiguo y muy bonito. Y también recordó que cuando lo había abierto, había visto un aro con gran cantidad de llaves en él de todos los tamaños y formas. Y entonces pensó que quizás ahí podría estar esa llave que tanto necesitaba para abrir el candado. Sin pensarlo dos veces, se dirigió rápidamente hacia allá y subió unas cuantas escaleras y empujó la puerta que rechinaba como si nunca antes nadie la hubiera abierto. Y estaba lleno de polvo por doquier y ahí a lo lejos en un rincón se dio cuenta que estaba el mismo baúl antiguo de madera que había visto aquel día no hace mucho en esa habitación olvidada. Entonces Eduardo presuroso se dirigió a él y lo abrió como pudo, pues estaba sumamente pesado y ya abierto, entre fotografías, libros, cajitas musicales y un sinfín de cosas más. Ahí estaba el famoso juego de llaves, que alguna vez tiempo atrás ya había visto.

—¡Bravo! ¡Lo sabía! —se dijo y se lo llevó escondiéndolo dentro de su camisa para que nadie lo viera en caso de ser descubierto.

Entonces se dirigió de nuevo a la recámara de sus padres y salió de nuevo por la pared hasta llegar a la puerta con candado y se estuvo ahí algunos minutos probando y probando cada una de las llaves hasta que por fin y como si fuera hecho adrede, descubrió que era la última del juego y la metió inmediatamente cruzando sus dedos, luego giró cuidadosamente y de pronto se escuchó un «clic», abriéndose milagrosamente el candado. El cual al escucharlo, Eduardo brincó de alegría y marcó la llave con corrector blanco de pluma. Y salió corriendo a su casa, dejando abierto el candado para que Mariana pudiera ir a visitarlo por debajo del túnel todas las veces que quisiera y viceversa. Entonces llegando a su casa le habló por teléfono a Mariana y le contó la gran noticia, ya que ahora sí se podrían ver cuántas veces quisieran y nadie se los impediría, además de que ya no iba a ser necesario salir por el jardín, ni exponerse a ser descubiertos por alguno de los sirvientes.

—Nos vemos entonces Eduardo, como acordamos después de la comida en el lago Zafiro. ¿Está bien?

—Sí Mariana, ahí nos vemos.

—¡Adiós! Te quiero.

—¡Adiós!

—Y yo a ti —se dijeron mutuamente.

Y luego colgaron y esperaron un tiempo para rencontrarse de nuevo a la misma hora en el árbol Frankenstein. Ya ahí, Mariana sacó de su bolsita rosa montones de dulces, chocolates y repostería fina que se había traído del escondite de su madre y que era una reserva para cuando llegaran visitas importantes al castillo.

Con lujo de detalles Mariana y Eduardo les contaron a sus nuevos amigos todo lo que Larissa les había dicho acerca del arcoíris. Megan y Bobby no podían creer todo lo que estaban escuchando. Así que pensaron con todo esto, que quizás ellos también podrían tener la oportunidad de cumplir sus sueños como aquel niño que les dijo Larissa que si lo había logrado. Por ejemplo, Megan soñaba en poder comprarle a su madre una enorme y bella casa con muchísimos sirvientes para que no volviera a trabajar nunca y también la imaginaba vistiendo hermosos vestidos de seda de reconocidos diseñadores, además de una bella mesa decorada con copas de vino y hermosas vajillas llena de todo tipo de riquísimos alimentos. Por otro lado Bobby se imaginaba así mismo rodeado de enormes robots, juguetes exóticos jamás nunca vistos y montañas y montañas de legos que podría armar de ahí en adelante y para toda la vida.

El sueño de Mariana, ya lo conocían todos, pues ella únicamente deseaba poder curarse completamente y poder hacer todo lo que antes hacía y de la misma manera. Eduardo no pedía tampoco mucho, pues ya todo lo tenía y el solo deseaba que su madre lo quisiera mucho y poder llevarse mejor con ella y con su padre que nunca jamás estaba en la casa y nunca se sentaba ni si quiera un rato para platicar con él, ni siquiera por la noche de cómo le había ido ese día o de algunas otras cosas que le pasaban cotidianamente en su vida. Por último Luis Felipe soñaba con ser un gran piloto que recorría todo el mundo subido en su gran avión de Oriente hasta Occidente.

Después y como el líder nato que era, Eduardo les pidió a todos que se pararan y se acercaran juntando sus cabezas para repetir todos juntos las siguientes palabras, pues quería hacer desde ese día para él y para los demás su propio juramento.

—Repitan todos después de mí lo que a continuación les voy a decir —les dijo Eduardo, pudiendo sentir la respiración de todos al mismo tiempo que la suya.

—Hagamos todos un pacto por Mariana.

—¡Sí! —exclamaron todos con gran esmero.

—¡Hagamos todos un pacto por ella!

Y luego el niño siguió hablando…

—Yo Eduardo…

—Yo Eduardo… —le siguió tontamente Bobby.

—No Bobby, no seas tonto, tienes que decir tu nombre —se rieron todos al escucharlo y repitieron cada uno su nombre.

—Yo Mariana…

—Yo Megan…

—Yo Bobby…

—Yo Luis Felipe…

—Prometo cara a cara… aliento con aliento… saliendo desde mis entrañas, estar con mis amigos en este viaje… tanto en la buenas como en las malas —terminó diciendo el niño sumamente emocionado a lo que le siguieron todos los demás pequeñines de igual manera.

—¡Siiiií! —gritaron todos emocionados— ¡que así sea!

Y luego se abrazaron todos de nuevo, dando vueltas y vueltas sin parar, hasta que cayeron todos al suelo.

Sin embargo, Eduardo sabía que este viaje tenía que ser lo más pronto posible, pues no se sabía con exactitud cuánto tiempo disponía más de vida la pobre Mariana y entonces se despidieron con gran afecto como de costumbre de Megan y Bobby para planear la próxima vez los detalles de su próxima expedición que sería seguramente muy pronto.

Ya camino a casa, Eduardo y Luis Felipe acompañaron a Mariana por el túnel rumbo a su casa y ya ahí ella se sentó un rato en el suelo a descansar, pues últimamente se agitaba mucho con estas salidas diarias, Eduardo al verla en ese estado le dio un poco de lástima y se sentó junto a ella y también le siguió Luis Felipe y luego le tomó la manita esperando a que se relajara y descansara un ratito para seguir con su camino a casa.

Tranquila Mariana, muy pronto no tendrás que estar descansando a cada instante —le dijo el niño y le dio un besito en la mano y pasado un rato y ya sintiéndose un poco mejor, ambos se levantaron y siguieron caminando hasta que llegaron a la recámara en donde se cercioraron que no hubiera nadie por ahí cerca y los descubriera y ya no pudieran nunca más verse en el bellísimo Lago Zafiro, el cual también bautizaron así por lo bellísimo de su color azul intenso.

Ahora vamos a preguntarle a Larissa como sabremos cuando caerá la gran tormenta para salir unos días antes y no perdernos así la salida del arcoíris.

—¡Sí! ¡Vamos con ella a preguntarle!

Y entonces se acercaron a la habitación donde descansaba Larissa, la cual desde afuera se escuchaban sus ronquidos, que bien podrían ser escuchados seguramente hasta el pueblo o quizás más lejos, pues un día anterior se había desvelado en una de tantas fiestas de adolecentes a las que la jovencita asistía por cierto últimamente muy a menudo.

Entonces y sin tratar de hacer mucho ruido, los pequeños entraron al cuarto que se encontraba un poco obscuro y vieron además que había ropa tirada por todos lados, vaya hasta a el abanico del techo le había tocado un calcetín que giraba y giraba a punto de caer al suelo.

Curiosamente justo en ese momento, Larissa soñaba que se encontraba en el parque más bello y romántico nada más y nada menos que con el actor y cantante más famoso del momento y entonces viéndose ambos fijamente a los ojos, este le preguntó lo siguiente con un poco de nerviosismo en sus palabras…

—Querida Larissa, eres la afortunada entre tantas admiradoras que tengo en estar dentro de mi corazón. ¿Quieres ser mi novia?

—¡Sí, Sí, acepto! —gritó con tanta emoción la chica y ambos se abrazaron y empezaron a besarse apasionadamente. Pero justamente en ese momento Party, el perrito de Eduardo, el cual llevaban a todos lados a donde iban, se escabulló a la habitación brincando a la cama de Larissa la cual despertó dando un enorme brinco al sentir al perro lamerle la boca mientras soñaba con ese beso de su artista favorito.

—¡Aaaaah! —gritó Larissa al verlos ahí a un lado de su cama.

—¿Ahora qué quieren? ¿Por qué no me dejan en paz? —les dijo mientras se limpiaba la boca de los lamidos del perro.

—Solo te queríamos preguntar como sabremos cuando será el día en que caiga la gran tormenta.

—¿Tormenta? ¿Cuál tormenta? Les respondió la joven sin saber de lo que le estaban hablando.

—¡La tormenta que nos dijiste que caería en el pozo de los deseos! —le gritó Mariana esperando una pronta respuesta.

—¡Ah, eso!, Mmmmm —dudó la joven al contestarles.

—Bueno, pues muy fácil saberlo, solo vean el pronóstico del tiempo todos los días haber cuando se pronostica la lluvia más fuerte y duradera de todas. Y entonces sabrán que es esa y así seguramente el arcoíris será más grande, por cierto, pueden verificarlo también en internet. Tú eres un genio de la computadora. ¿O no Eduardo? ¿No creo que no vayas a poder con eso verdad?

A lo que Eduardo le contestó que sí podría y entonces Larissa al ver que no necesitaban nada más los corrió de inmediato de su cuarto pues seguía teniendo muchísimo sueño.

—Bueno, niños, su pregunta ha sido contestada, ahora váyanse y déjenme seguir durmiendo, adiós —les dijo y se dio la media vuelta tapándose la cabeza con la almohada y ahora sí los ignoró por completo.

Al verla los niños y al obtener al fin su respuesta entonces salieron muy rápido de la habitación y se dirigieron como de costumbre al cuarto de Mariana y ya ahí entraron a los archivos de la computadora y se metieron al pronóstico del tiempo para ver cómo iba a estar este durante los próximos días que venían y ver también sí podrían entonces todos salir a cumplir el sueño de Mariana.

—¡Ay Mariana no puede ser! No se ve ni una miserable nube los próximos días, al contrario, se ve todo soleado y no se ve que vaya a llover ningún día. Como lo siento de verdad, como quisiera ser Dios y poder cambiar todo a tu alrededor y poder ayudarte para facilitarte un poco la vida.

No te preocupes Eduardo, solo hay que tener fe, acuérdate de lo que nos decía nuestra abuelita, que en paz descanse, la fe es algo que no se puede ver pero ahí está, se puede sentir dentro de nuestro corazón y nuestra mente. ¿Recuerdas la canción que me escribiste hace no mucho tiempo cuando empecé mis tratamientos? *Algún día, ya lo verás, algún día…*

—Sí Mariana, así será — terminó diciéndole.

Y luego ya un poco cansado de tanta caminata, al igual que Luis Felipe, se dirigieron de nuevo por el túnel y con mucho esfuerzo de su parte, apenas pudieron llegar hasta su casa, casi a rastras y de nuevo llegaron hasta la pared de la recámara de sus padres.

¡Que no haya nadie por favor, que no haya nadie! —se decían mientras prensaban el botón para que la pared se abriera de nuevo por dentro del túnel.

—¡Aaaaah! respiraron todos profundamente al notar que la recámara estaba completamente vacía. Luego salieron con mucho cuidado cerrando la puerta de la recámara y justamente al dar la vuelta y sin esperárselo, se encontraron a su madre que acababa de llegar de un evento y se dirigía precisamente a su habitación.

Eduardo se puso pálido al igual que Luis Felipe al observarla ahí parada, viéndolos y ella entonces aprovechó y les preguntó a ambos en donde se habían metido, pues llevaban ya algunas horas buscándolos y entre ellos también los sirvientes.

—¿Pues en donde se han metido niños que nadie los encuentra desde hace un par de horas?

—¡Mmmm! ¡Ah! Pues andábamos jugando en el jardín y se nos me fue pasando el tiempo mamá eso es todo.

Al escucharlos su madre hablar tan seguros de lo que decían, decidió creerles y entonces les dio un beso en la frente a cada uno para que se fueran a hacer sus tareas, pero ambos prefirieron recostarse un rato y tomar mejor una siesta pues se encontraban sumamente cansados en particular ese día. Así que al tocar su cama ambos se quedaron profundamente dormidos sin mover si quiera uno solo de sus dedos. Ese día, el tiempo pasó muy rápido tanto que de pronto se hicieron ya muy cercanas casi las doce de la noche. Ya todos dormían en sus camas, excepto Mariana, que se había levantado a contemplar las estrellas desde su balconcito pues no podía dormir. Entonces ahí en completo silencio, se dio cuenta de que el cielo estaba mucho más claro que otras veces pues la luna estaba enorme y sin una nube cerca.

—¡Que belleza! —se dijo al ver que esta iluminaba completamente su recámara.

Y mientras estuvo ahí sentadita un pequeño rato más pudo darse cuenta de que había una estrella en el firmamento que sobresalía sobre todas las demás. Y entonces se dijo...

—Qué extraño pues no la había visto nunca antes al mirar el cielo. Debe ser una señal —se dijo a sí misma.

Pues muy a menudo se levantaba y meditaba casi todas las noches observando siempre las estrellas. Entonces aprovechó y le pidió un deseo a su amiga la estrella y además se puso a platicar con ella, pues ni con su hermana y mucho menos su madre jamás podía hacerlo.

—Te pondré traviesa, se dijo jugueteando, pues de pronto apareciste cuando no esperaba verte —sonrió.

Entonces cerró sus enormes ojos azules y le pidió a la estrella que pronto lloviera para poder ir en busca de su sueño y también el de sus nuevos amigos.

—Por favor estrellita, pídele a todas las nubes y a los ángeles del cielo que le digan a Dios que envíe una fuerte tormenta, porque si no es así, no podré ir a buscar mi sueño —se dijo a sí misma dejando empañado un poco el vidrio después de sus muy sinceras palabras, luego permaneció un ratito más hasta que la alcanzó el cansancio y ya no pudo más y regresó de nuevo a su cama en donde quedó profundamente dormida hasta el día siguiente.

Ya por la mañana, empezaron a levantarse uno por uno en la casa y la última en llegar a desayunar fue precisamente Mariana, la cual seguía todavía bostezando pues se había acostado muy tarde la noche anterior, platicando con su amiga la estrellita traviesa.

Ya con un poco de hambre en el estómago, Mariana se apuró a comer su desayuno, el cual le supo delicioso cuando hubo terminado de hacerlo. De pronto, al pasar por la estancia pudo darse cuenta al observar el cielo que había amanecido completamente nublado y entonces pensó:

—¿Podría acaso ser posible que mi amiga la estrellita traviesa me haya realmente escuchado?

Entonces corrió inmediatamente a abrir su computadora viendo el pronóstico del tiempo en ella y se pudo dar cuenta que en unos cuantos días se esperaba una gran tormenta. Y para ser más exactos esta sería una tormenta eléctrica. Mariana otra vez sin poder creerlo, quedó completamente sorprendida y le habló de inmediato a su primo por teléfono, para que se reunieran si era posible esa misma tarde con ella y así lo hicieron. Se juntaron después de terminar todas sus actividades como de costumbre en el Lago Zafiro y más específicamente debajo del árbol Frankenstein en donde estuvieron todos platicando por un largo y ameno tiempo.

Ya ahí, al ver que no faltaba nadie, Mariana les comentó que muy pronto en esos días iba a empezar a llover y que debían partir ese mismo día en la madrugada para no perder tanto tiempo y tampoco se perdieran la gran tormenta, pues quien sabe cuánto tiempo les tomaría caminar hasta el pozo de los deseos que se encontraba muy dentro de las montañas. Entonces Eduardo, al escucharla, agregó también lo siguiente como el gran líder que ya era en ese pequeño grupo de amigos que acababa de conocer, a los cuales ya les tenía también un enorme y sincero cariño.

—Tenemos que partir hoy mismo como dijo mi prima y debemos traer solo lo necesario y de ser posible eso mismo que traen puesto y quizás también un poco de comida como barras de granola o galletas y quizás unas cuantas monedas por si llegase a ofrecérsenos comprar algo más en el camino.

—Está bien Eduardo —dijo Megan, aquí nos veremos a la 1 de la madrugada.

Por lo que Eduardo volteó a ver a Mariana y le dijo lo siguiente, sintiendo al mismo tiempo un gran alivio dentro de su cuerpo:

—¡Qué bueno que mis padres y los tuyos salen hoy mismo de viaje! Es más, ya han de estar a punto de salir seguramente. Y luego sonrieron con un poco de malicia festejando de esa manera el comienzo de la que parecía iba a ser una gran aventura.

—Qué lástima que a Luis Felipe lo tuvieron que llevar al campamento pues se va a perder esta gran expedición que quizás nunca jamás volvamos a hacer todos nosotros juntos.

—Yo me quedaré a dormir hoy con Mariana para ayudarla con sus cosas personales y su silla de ruedas para que no se vaya a cansar en el camino —dijo Eduardo.

—¡Perfecto! — comentó Mariana y luego se despidieron todos emocionados y contentos por la gran aventura que les esperaba en tan solo unas cuantas horas.

Ya en la casa, sin nadie en la cocina que estuviera limpiando, Eduardo y Mariana se acercaron y tomaron de la alacena un montón de cosas deliciosas que planeaban llevarse en el viaje como algunas galletas, dulces, papitas, agüitas embotelladas entre otras cosas más, igual de deliciosas.

—No nos va a caber todo —le dijo Mariana a su primo que solo tomaba y tomaba todo lo que se le iba ocurriendo. Y luego, como pudo, cerró de nuevo la mochila que ya se encontraba demasiado pesada.

—¡Ves te lo dije! —le dijo de nuevo Mariana al ver todo lo que estaba sufriendo Eduardo para poder cerrar la mochila y luego subieron sin llamar mucho la atención a la recámara de Mariana.

Ya en el cuarto, se pusieron a jugar un rato en lo que llegaba la noche, el cual fue un momento que les pareció eterno y después se durmieron juntos en la misma habitación, hasta que por fin su reloj de mano les marcó las 12 en punto, entonces se vistieron de inmediato para seguir con el plan al pie de la letra y afortunadamente sus padres y su prima como había dicho Eduardo, hacía unas cuantas horas que habían salido de viaje hasta el otro lado del mundo e iban a demorar bastante al igual que Luis Felipe, que justamente acababan de mandarlo a un campamento que le habían prometido desde hacía un año con sus amigos y el cual también les hizo saber que no se preocuparan, porque el secreto de Mariana al igual que el túnel estaban a salvo con él y que no diría absolutamente nada. Para esto, a la enfermera que se encontraba a un lado de la habitación de Mariana, le habían puesto no solo una, sino dos pastillas diluidas para dormir, en su vaso con agua que tomaba todas las noches, la cual ni si quiera parpadeó después de que se lo bebió cuando salieron los niños uno por uno de la habitación de Mariana. Luego, caminaron de puntitas al cuarto de su madre sin hacer un solo ruido. Y en ese momento, entró detrás de ellos muy emocionado y pegando de brincos «Party» su perrito juguetón, el cual al ver que los niños no se movían y se quedaban como estatuas sin decirle nada, empezó a ladrarles y a dar un montón de vueltas a su alrededor completamente alborotado.

—¡Chhhhh! ¡Cállate Party! No hagas ruido que nos van a descubrir —le dijo Mariana al perrito que no paraba de ladrar y ladrar.

Y como era de esperarse, Roberta, otra de las sirvientas al cuidado de los niños, al escuchar los ladridos del perro se levantó y se dirigió al pasillo en cuestión de segundos para ver qué es lo que estaba sucediendo a esas horas de la madrugada. Al escuchar sus pasos, Eduardo sin pensarlo dos veces se escondió atrás de un florero para no ser visto por ella. Y al verlos la sirvienta ahí parados con la silla y la mochila en mano, se dio de inmediato la media vuelta para ir a avisar a alguien más para que los detuviera; entonces Eduardo, el cual se encontraba detrás de ella un poco nervioso por la situación, sacó su bate de la suerte firmado ni más ni menos por el astro del diamante Baby Ruth que le había regalado en un cumpleaños su padre y que había sido también de él cuando era un niño en aquel entonces. Así que sin pensarla dos veces y antes de que gritara la muchachita, la cual era muy nerviosa, Eduardo cerró solamente uno de sus ojos y le dio un golpe muy fuerte en la cabeza, la cual Roberta al sentir el fuerte impacto inmediatamente puso los ojos en blanco y cayó derechita al suelo.

—¡Aaaaay! —gritó Eduardo completamente preocupado— ¡Se me hace que ya la maté! —volvió a decir.

Y luego soltó su bate todavía un poco impactado por el golpe que acababa de darle en la cabeza a la pobre muchacha y entonces Mariana se acercó rápidamente y le escuchó la respiración y sintió sus latidos todavía soñando y le dijo a Eduardo lo siguiente para ver si así podía calmarlo un poco.

—No está muerta, no te preocupes, todavía está respirando y no tiene sangre por ningún lado.

—Lo único que le está saliendo —dijo— es un enorme chichón en la cabeza.

Entonces como pudieron, entre los tres, la metieron de nuevo al cuarto y la subieron a la cama y la taparon para no levantar ninguna sospecha y salieron de nuevo al pasillo y entraron al cuarto de su madre en donde cerraron con llave por dentro y escribieron la clave detrás del cuadro de la pared y luego esta se abrió y cruzaron del otro lado. Luego esperaron unos segundos a que se volviera a cerrar y caminaron como de costumbre con sus linternas y subieron por las escaleras hasta salir por la alcantarilla que daba al lago. Ya ahí afuera, caminaron emocionadísimos por el camino pues habían logrado salir sin contratiempos y unos cuantos metros más delante vieron ya muy cerca a sus amigos que ya tenían buen rato esperándolos.

—¿Qué pasó? Se tardaron mucho. Pensamos que ya no iban a poder venir —les dijeron Megan y Bobby, los cuales ya llevaban buen rato preocupados por ellos.

—Ya estamos aquí no se preocupen, tuvimos un poco de problema con la salida pero eso ya pasó, sigamos con el plan —les dijo Eduardo.

Luego y para no perder ya más tiempo de lo previsto, los cuatro niños se acercaron y platicaron un rato para ver si no les faltaba nada.

¡Todo listo! —les dijo Mariana, mientras palomeaba cosa por cosa de su ordenada lista—. Ya nos podemos marchar.

Entonces abrieron la sillita de Mariana y la pequeña se sentó en ella pues iba a ser imposible poder aguantar todo el camino caminando hasta las montañas.

La noche estaba preciosa, como muy pocas se habían visto alguna vez en la ciudad y antes de que las nubes los alcanzaran de nuevo, la luna se asomó radiante y enorme iluminándolo todo como si esta no quisiera que se fueran a perder en el largo camino que ya los estaba esperando. Siguieron buen rato caminando, cuando de pronto escucharon unos ladridos un poco más atrás y voltearon todos al mismo tiempo un poco extrañados y descubrieron que quien venía corriendo todo emocionado al encontrarlos era nada más y nada menos que su perrito Party, por lo cual los niños sonrieron y gritaron de alegría al verlo y lo abrazaron uno por uno contentos, mientras Party brincaba y los chupaba como si no los hubiera visto en un largo tiempo.

—¡Perrito travieso! —le dijo Megan a la vez que acariciaba su pequeño lomito.

Después de un buen tramo de recorrido, los niños se empezaron a sentir un poco cansados y fatigados, así que decidieron descansar en un puente que se veía no muy lejos de ahí, además de que así podrían recuperar unas pocas de fuerzas para seguir con su camino que todavía era demasiado largo.

CAPÍTULO XIII

Dificultades en el camino

Por fin llegaron al puente y ya abajo sacaron unas cobijitas que habían guardado cada uno en su mochila y las extendieron en el piso y se acostaron en ellas. Por un lado con Megan y Bobby no hubo ningún problema, pues el piso estaba igual de duro que las camas donde dormían y ya estaban acostumbrados. Pero por el otro, Mariana y Eduardo al estar recostados tan solo unos cuantos minutos se voltearon a ver extrañando la suavidad y el calor de sus habitaciones lujosas que eran cada una del tamaño de la casa de sus amigos. Cuando al fin conciliaron el sueño y todo se volvió tranquilidad por un buen rato, fue entonces y sin esperarlo que se iban acercando a ellos un grupo de tres jóvenes pandilleros de unos 18 a 20 años de edad aproximadamente y estos jóvenes se disponían a contar el dinero que habían unos robado y otros apostado esa noche en un bar seguramente cercano, de pronto, ambos se dieron cuenta de la presencia de los niños los cuales pisaban territorio ajeno, pues ahí era el lugar donde estos jóvenes se juntaban todas las noches a platicar, embriagarse y mil cosas más entre ellas el de repartir también sus ganancias que habían ganado para ese día.

—¡Mira nomas que acabamos de encontrar por aquí!

—¡Pero que hermosos bebés! —le dijo uno de ellos al otro en voz baja y en un tono burlón y luego siguió hablando.

Se ven tan solitos los pobrecitos que necesitan de nuestra compañía para cuidarlos. Terminó diciendo, por lo que el otro de ellos el cual era mucho más observador, se dio cuenta de lo cara de la vestimenta de Mariana y Eduardo y de las cadenitas de oro que llevaban puestas y lo extraño para él era el que estos niños tan ricos y tan finos se encontraban durmiendo abajo del puente y además fuera de sus casas a estas horas de la madrugada. Entonces se acercó y les dijo en tono más bajo a los otros dos que fueran a despertarlos para que así pudieran robarle a los chiquitines todas las cosas valiosas que pudieran llevar consigo mismos.

—Vamos a despertarlos y quitarles todo lo que tienen puesto y no se les olviden las mochilas muchachos.

—¡Sí, vamos a quitarles todo! —le dijo el que estaba más borracho y entonces los muchachos siguieron riéndose y diciendo tonterías hasta que se colocaron un poco más cerca de ellos.

—¡Despiértense ya mocosos malnacidos! —les dijo el líder del grupo, mientras los levantaba agitándolos con el pie de un lado a otro para que se despertaran. Entonces, al sentirlos Party ya mucho más cerca, se despertó inmediatamente y comenzó a ladrarles sin parar a cada uno de los bandoleros.

¡Aaaaah! —gritaron los cuatro niños temblando de miedo, al ver a esos sujetos ahí parados enfrente de ellos, por lo que Mariana y Megan se abrazaron asustadas pensando que les podían hacer algo y Eduardo solo se le dejó ir a uno de ellos brincándole por la espalda pero fue inútil pues el joven lo doblaba en edad y estatura y lo aventó a un lado de la calle pegándose ligeramente en la cabeza. De pronto sacaron sus navajas para que se calmaran y cooperaran todos sin renegar, por lo que todos se pusieron muy asustados y Bobby se acercó con Eduardo y también lo abrazó para sentirse protegido.

—¡A ver tú! —le dijeron a Eduardo— ¡Quítate toda la ropa que traes puesta y dame tus cadenas y tus zapatos también si no quieres que te corte la cabeza en este instante!

Eduardo al escucharlo, ni lento ni perezoso hizo lo que el líder de la banda le pidió, para que no fuera a dañarlo ni a él ni a ninguno de sus amigos.

—¡Tú también mocosa chillona haz lo mismo y quítatelo todo si no te corto completita ahora mismo en pedacitos!

Mariana al escucharlo empezó a llorar aún más fuerte mientras Megan le ayudaba a quitarse su ropita fina hasta quedar ambos únicamente con su ropa interior puesta. Luego, los bandidos al ver todas las pertenencias de los niños en el suelo las tomaron y voltearon a ver a Megan y a Bobby los cuales no les llamaron ninguna atención pues les parecieron demasiado insignificantes como para poder robarles alguna cosa, afortunadamente la sillita de ruedas la habían dejado atrás de una de las columnas del puente, si no seguramente también se la hubieran llevado, después de eso, el muchacho pensó en llevarse a los niños mejor vestidos y pedir recompensa por ellos; pero desafortunadamente esa noche no se habían traído la garra que tenían de coche y no podían llevárselos cargando pues estaban demasiado tomados y apenas podían mantenerse de pie ellos mismos.

¡Demonios! —les dijo el líder de la banda, ya que a lo lejos y sin esperárselo, se dirigía una patrulla de vigilancia hacia ellos y entonces salieron corriendo para esconderse dejando desprotegidos a los cuatro niños sin ropa ni provisiones que traían consigo, entre otras cosas más, que les iban a ser de suma utilidad para el camino.

Inmediatamente y de igual manera, antes de que se acercaran más los de la patrulla, los cuatro niños se escondieron atrás de las columnas del puente pues no querían ser descubiertos y sobre todo que los fueran a regresar con sus respectivos padres. Cuando vieron que la patrulla ya se había alejado lo suficiente se abrazaron todos llorando, ya que los habían dejado completamente sin nada y peor aún se habían llevado en una de las mochilas las medicinas de Mariana que iba a necesitar para el camino.

—Ahora que vamos a hacer, no tenemos absolutamente nada dijo Mariana, sin dejar de llorar ni un solo segundo.

—¡Hasta la ropa nos quitaron!

—No se preocupen —les dijo Megan— algo se nos ocurrirá tarde o temprano. Además, vamos todos juntos como un equipo y esto no nos va a impedir que cumplamos el sueño de Mariana, pues si es necesario, pediremos limosna, lavaremos autos, haremos lo que sea, lo importante, como dije antes, es que estamos todos juntos y nada absolutamente nada nos va a detener en este viaje.

—¡Así es! —continuó Eduardo— nada, absolutamente nada nos va a detener.

Y muy decidido puso su mano enfrente diciendo las mismas palabras como los tres mosqueteros que había escuchado el otro día en la televisión mientras veía una película…

—¡Todos para uno!

—¡Y uno para todos! —contestaron los demás muy emocionados juntando sus manos también encima de las de Eduardo.

—¡Sí! —les dijo Eduardo

—¡Así se habla! ¡Ya verán que lo vamos a lograr!

Por lo pronto, vamos a caminar un poco más, que todavía esta obscuro, a ver si vemos por ahí en un patio alguien que tenga de casualidad ropa tendida que nos pueda quedar a Mariana y a mí. Dijeron y así lo hicieron. Eduardo y Mariana se abrocharon a la cintura las cobijitas donde se habían acostado quedando solamente en camisetita y calzoncitos y Eduardo exclamó lo siguiente sintiéndose todavía muy apenado por el dichoso incidente.

—¡Qué vergüenza!

—Esto realmente sí que es humillante.

—Yo pienso que no —le contestó Mariana.

Además Megan y Bobby son nuestros amigos y no hay nadie más que nos esté mirando y menos a estas horas de la madrugada. Terminó diciendo Mariana y luego siguieron caminando un poco más cuando de pronto ya estaba amaneciendo.

—¡Miren allá enfrente! —gritó Megan emocionada—, ¡un patio con ropa tendida de todos los tamaños y colores!

Entonces se acercaron sin hacer ruido y tomaron unas camisas y unos pantalones de niño, pues lo demás era ropa de adultos y ropa de bebe recién nacido. Sin pensarlo tanto, se la pusieron de inmediato y afortunadamente les quedó a ambos; un poco más grande de lo normal, pero nada más, ya que eso era mejor que andar semidesnudos caminando aun dentro del pueblo. Los niños siguieron su camino unas cuantas horas más, pero ahora lo hicieron sin decir una sola palabra, pues ya se encontraban hambrientos y agotados por todas las sorpresas desagradables que les estaban pasando inesperadamente; así que decidieron parar y descansar entre toda la gente que se encontraba ya desde muy temprano ahí en medio de la gran plaza. Cerraron la sillita de Mariana, la cual se arrastraba muy fácilmente y solamente se sentaron a observar a la gente que jugaba muy divertida con los chorros de agua que salían por todos lados de los agujeros del suelo.

Entonces, a Eduardo se le ocurrió una gran idea para no seguir caminando descalzo y notó que muchos de los niños que estaban jugando en el agua se habían quitado sus zapatos y los habían acomodado a un lado de las bancas. Así que mientras jugaban brincando y mojándose con los chorritos dando pequeños saltitos, Eduardo aprovechó y corrió robándose dos pares de zapatos, unos para él y otros para Mariana. Y luego se apresuró para no ser descubierto y los alcanzó del otro lado donde se encontraban y se los pusieron antes de que se dieran cuenta los dueños y los persiguieran para tratar de quitárselos. A Eduardo le quedaron un poco chicos los zapatos, excepto a Mariana que le quedaron a la perfección; así que salieron corriendo muy rápido de ahí unas calles más arriba y tuvieron que sentarse a descansar de nuevo, pues Mariana se fatigaba mucho más rápido que ellos, así que se sentaron en la orilla de una banqueta de la calle principal del pueblo llena de negocios, restaurantes y tiendas de ropa, las cuales algunas por cierto eran completamente exclusivas.

—Voy a abrir de nuevo tu sillita, para que ya no tengas que estar corriendo tanto ¿Te parece bien Mariana? —le pregunto Eduardo a su prima, consintiéndola a cada momento como siempre lo hacía.

Para el colmo de la mala suerte, en ese momento se iba acercando un coche con jóvenes de la universidad de la ciudad y viéndolos ahí sentados intencionalmente pasaron muy cerca de ellos para mojarlos con los charcos de agua que estaban a un lado de ellos.

Al ver los estudiantes que los pequeños quedaron totalmente empapados y llenos de lodo, se alejaron riéndose de su mala obra mientras Eduardo les gritaba un montón de majaderías e insultos mientras se iban alejando los malvados muchachos. Mariana volteó a verlo un poco sorprendida pues nunca jamás lo había visto decir tantas malas palabras y mucho menos con tan pocos modales.

—Bueno ¿qué? —dijo Eduardo.

—¡Se lo merecen por malvados y abusones!

—¡Mira como nos han dejado ahora! A lo que Mariana solo movió la cabeza y sonrió un poco dándole por su lado a su primo.

—Tienes Razón Eduardo, hemos quedado como unos verdaderos niños de la calle, al vernos así nadie creería que somos los verdaderos herederos al trono ¿verdad? Y luego se llevó las manos a la barriga que no dejaba de sonarle por el hambre que tenía.

—Tengo mucha hambre —dijo Mariana— me está comenzando a doler mucho la cabeza.

—A mí también —dijeron Megan y su hermanito Bobby.

—Tengo una idea, espérenme aquí. Voy a pedir limosna —les dijo Eduardo empapado y llena de lodo su carita— me voy a acercar a esas personas que están ahí paradas que se ven muy elegantes y les voy a pedir unas monedas. Y así lo hizo Eduardo completamente decidido.

CAPÍTULO XIV

Venciendo dificultades

Ya un poco más cerca de ellos, se paró a un lado de la jovencita que se veía muy hermosa y la tocó con la mano en el hombro para poder llamar su atención y poder pedirle algunas monedas para así comprar algo de comida, pero para sorpresa de todos, la niña que se encontraba ahí parada era Florencia Limantour, la misma que él pensaba era la más hermosa y fina damisela de su colegio. Lo cual al principio, Eduardo se angustió al reconocerla, pues temía que ella fuera a reconocerlo también y le avisara de inmediato a su familia, pero gracias al cielo no fue así, ya que ni siquiera lo reconoció todo sucio y con esos harapos de ropa que llevaba puestos en ese momento tan vergonzoso para Eduardo, luego la niña volteó a ver quién la tocaba por el hombro y al ver al niño todo mugroso y sucio por todos lados pensó que seguramente era un pordiosero, así que todavía sin aún reconocerlo, con una mirada de profundo desprecio y odio hacia el niño le dijo despectivamente lo siguiente, aventándolo a un lado sin el menor remordimiento dentro de ella…

—¡Ay qué asco! ¡Aléjate de mí mugroso piojoso que me vas a pegar tus pulgas!

Y lo empujó al piso cayendo el pobre de Eduardo a un charco lleno de lodo que estaba a un lado de ellos. La niña sin el menor de los remordimientos, se dio la media vuelta riendo con sus padres, que ni por no dejar ayudaron al niño a levantarse. Y luego se alejaron; subieron a su elegante coche y se fueron.

—¡Un día me la vas a pagar Florencia Limantour! ¡Te lo juro que un día así será! —se dijo así mismo Eduardo, pues la niña le acababa de romper su corazón en mil pedazos, ya que él siempre la había visto como el amor de su pequeña vida.

Después de un rato de seguir pensando en lo sucedido, Eduardo ahora sí podía entender las necesidades y sufrimientos que pasaban día con día la gente humilde y todos aquellos que no podían defenderse. Vaya, no llevaba ni siquiera un día fuera de su casa y ya empezaba a sentir la impotencia que sentían los pobres al no tener un centavo en el bolsillo para poder comprar una pieza de pan, para poder comer y saciar su hambre de perdida una vez al día, después de eso su mundo se desmoronó en unos cuantos segundos y la impresión que tenía perfecta del amor de su vida en ese instante cambió para siempre. Y lo único que le faltaba hasta ese momento, es que le pasara una locomotora encima, pues todo les había salido mal mientras más transcurría el tiempo. Sin embargo Mariana se acercó a ayudarle a levantarse y le dijo a su primo que no se preocupara que ya verían como le harían y luego le dijo lo siguiente para que sintiera de parte de ella un poco de apoyo tal cual como él lo hacía con ella siempre.

—A Florencia Limantour nunca jamás le hablaremos, tenlo por seguro –le dijo Mariana a su primo, el cual todavía se veía que seguía con el corazón un poco roto. De pronto a Megan se le ocurrió una gran idea y sacó de su bolsillo su adorada resortera, la cual siempre llevaba a todos lados para defenderse de alguno que otro que se pudiera pasar de listo camino a su casa de la escuela.

—¡Cómo no la saqué con los bandidos! —pensó— quizá me quede petrificada del miedo. Entonces se acercó al bote de basura que estaba en la banqueta y cogió unas cuantas latas y las formó en una pirámide en algo alto y empezó a tirarlas a distancia sin fallar ni una sola vez, llamando la atención de todos los que pasaban por ahí cerca.

—Pasen, pasen y hagan sus apuestas. A ver quién puede derrotarme y tirar toda la pila de latas —decía llamando la atención de la gente que empezaba a acercarse curiosa del otro lado de la plaza.

Megan era una niña muy diferente a todas las demás que Eduardo había conocido hasta ahora, pues nunca dejaba de hacer las cosas por pena o temor, a lo que fueran a decir o pensar los demás, sino todo lo contrario, su madre le había enseñado que no era vergonzoso trabajar de sirvienta, de mesera, lavaplatos o costurera. Vergonzoso era robar y hacerle cosas malas a los demás, así que siguió invitando a la demás gente a acercarse, e invitó a uno que otro valiente, también para que se animaran y compitieran contra ella.

—¿Qué haces Megan? —le preguntó Eduardo mientras ella seguía tirando latas sin fallar a gran distancia.

—Ya lo verás Eduardo, ya lo verás —le dijo mientras sonreía como si estuviera tramando algo.

Megan lucía como todo un niño, con su pelo corto y sus jeans y playera flojos y rotos. Y nadie podía imaginar que era una hermosa niñita apenas en desarrollo. De pronto, un valiente jovencito robusto de unos dieciocho años de edad o más se acercó y le dijo sin dudar muy seguro de sí mismo, que él quería competir con ella y que de a cuanto era la apuesta, pues estaba seguro de que él podría ganarle a la niña muy fácilmente.

—Yo quiero competir contigo ¿cuánto dinero traes? —le preguntó a la niña, por lo que Megan estuvo a punto de contestarle que no traía nada. Y fue entonces que un caballero elegante que de lejos la había estado observando como tiraba, se acercó y le dijo al joven volteando a ver a la chiquilla que el pagaría por ella, a lo cual Megan únicamente sonrió y luego aventaron una moneda al aire para ver quién iba a comenzar a tirar y fue el muchacho el que ganó para comenzar primero, pero eso no detendría a Megan en absoluto.

—Será dos de tres —dijo el amable caballero, dejando las reglas muy claras desde un principio.

—¡Siiiií! Gritaron todos los que se habían acercado, formando un círculo alrededor de ellos y empezaron a hacer rápidamente sus apuestas.

—El que tire en cada tiro la mayor cantidad de latas es el que tendrá el punto a su favor —dijo el señor, poniendo de nuevo en claro cada una de las reglas.

Ya a distancia, todo mundo guardó silencio mirando a los chicos sin parpadear y el jovencito se quitó su boina y cogió una piedra del montón que había juntado Megan a un lado de ellos para ambos. Luego restiró lentamente la liga de la resortera que le había prestado Megan y fijó atentamente su vista a la pirámide de latas y luego soltó la liga con mucha seguridad, alcanzándole a dar en la espalda a un señor que paseaba por ahí cerca en bicicleta, el cual, al ser golpeado, de inmediato soltó una que otra majadería hacia ellos en especial al jovencito y tanto el público como los niños nada más rieron y ahora era el turno de Megan.

—¡Maldita sea! —se dijo enojado el chico y luego Megan se acercó a la cruz marcada en el piso de donde debían tirar y enfocó fijamente su mirada a la lata del centro para que cayeran todas las demás y para sorpresa de todos logro tirar todas las latas de la pirámide sin dejar ni una sola parada. Y la gente únicamente le aplaudió y brincaron emocionados y más curiosos empezaban a llegar y a acercarse para ver qué es lo que estaba pasando y porque la gente se encontraba tan emocionada. Algunos siguieron apostando y más dinero se empezó a acumular y ahora era el turno del joven muchacho, que con un gesto un poco de enojo, de nuevo tomó la resortera y apuntó sin titubear a la pirámide, dándole ahora a ocho de diez latas y la gente le aplaudió pensando que no estaba para nada mal el resultado y el chico sonrió ahora un poco más motivado por su gran y maravillosa hazaña. Iban uno a uno y ahora era de nuevo el turno de Megan, la cual ahora un poco nerviosa de nuevo enfocó la mirada a las latas y restiró silenciosamente su resortera y volteó después a ver a sus amigos que la observaban con muchísimos nervios y esperó solo un par de segundos hasta que se sintió muy segura soltando ahora sí la liga de su resortera.

Los gritos de la gente se escucharon al ver que la pequeña de nuevo había tirado todas las latas con gran certeza y la gente no podía creer lo que veía, pues era como ver a el gigante Goliat y al indefenso David, que en este caso se trataba de una indefensa y frágil niña, la cual todos pensaban que era un chico, así que el joven enojado sin poder creer lo que veía, pidió que se alejaran un poco más de la cruz marcada en el piso y así lo hicieron.

Eduardo como siempre, creyéndose el defensor de todo el mundo, se acercó a ellos y le dijo a el señor que eso no era justo, pues el chico era mucho más grande que Megan y sin embargo la gente aceptó para ponerle una poca más de emoción al juego. Además de eso y como si hubiera sido poco, el joven pensando que Megan tenía ventaja por usar su propia resortera, le preguntó a alguien del público si alguien tenía otra que pudieran usar y uno de los niños de una familia se acercó y les prestó la de él a lo cual Megan le contestó que por ella no había ningún problema. Y Eduardo, al escuchar todos los nuevos cambios que él chico estaba haciendo, no estuvo para nada de acuerdo y le pidió al señor que reconsiderara todo eso lo cual no le parecía para nada justo, por lo que Megan le pidió que ya se calmara pues estaba segura que ella iba a salir triunfante en todo esto.

Ya, el joven tranquilo por el cambio de resortera y unos cuantos pasos más lejos para tomar ventaja sobre la niña, se colocó de nuevo en posición de tiro y enfocó la mirada a las latas. Luego, restiró la liga hasta donde más pudo y soltó la piedra muy seguro sin dudarlo que esta vez sí le daría a todas.

—¡Plas, plas, plas! Se escuchó nada más el ruido de las latas que cayeron al piso una seguida de la otra. Megan frunció su boca con descontento por un momento y ahora era su turno de nuevo e iban ya dos a dos provocando el chico un empate entre ellos.

La gente seguía apostando por ambos chicos y el ambiente era ya increíble en ese fantástico lugar. Y Megan, como toda una profesional que era, tomó del piso no solo una sino dos pequeñas piedras puntiagudas, cosa que ninguno de los ahí presentes notó, así que Eduardo, Mariana y Bobby, solo la miraron de lejos, esperanzados todavía de que pudiera tirar de nuevo todas las latas y fue entonces que Megan muy segura de sí misma se paró derechita en la marca y colocó sus piedritas una encima de la otra y restiró con fuerza la resortera muy concentrada sin parpadear ni una sola vez y de nuevo la gente se quedó muy callada sin perder detalle mientras que Mariana y Bobby se taparon los ojos para no ver lo que iba a pasar enseguida. Sin embargo Eduardo si volteó a verla fijamente a los ojos y Megan de igual manera lo volteó a ver a él, como queriéndole decir que todo iba a estar perfectamente bien y entonces desvió nuevamente la mirada a las latas y soltó lentamente la liga y de pronto y como por cámara lenta, todo el montón de latas cayeron una encima de la otra y la gente seguía gritando emocionada aplaudiendo y felicitando a Megan la cual no dejaba de sonreír ni siquiera por un solo instante. Ahora era el turno del joven, e iban tres a dos y si ahora el muchacho tiraba todas las latas el juego empataría y se irían a desempate hasta que uno de los dos ganara, así estuvieran ahí todo el santo día.

En el público se encontraba una adolecente que le iba a la pequeña Megan y no podía permitir que tan inocente criatura perdiera con ese malvado grandulón, el cual comparado con Megan parecía ni más ni menos que un gran gigante por su gran complexión y estatura, así que cuando el muchacho se disponía a tirar ya con la liga restirada, la adolecente se paró hasta la fila de enfrente exactamente a distancia, detrás del montón de latas y sin titubear se subió un poco la falda y se abrió un poco el escote de la blusa para llamar la atención del joven, el cual y como era de esperarse, la miró desde el otro lado mientras ella se mordía sus rojos y jugosos labios y entonces el joven accidentalmente soltó la piedra un poco desconcentrado sin quererlo y le dio únicamente a la lata de arriba.

CAPÍTULO XV

Barriga llena, corazon contento

La gente brincaba y gritaba de la emoción al ver que Megan había sido la que había ganado y al mismo tiempo la lanzaron por los aires completamente emocionados y sorprendidos por el gran juego que les había mostrado.

Bobby, Mariana y Eduardo corrieron hacia ella brincando con los demás emocionados y el joven al observarla tiernamente de lejos, se acercó derrotado hacia ella, pero lo hizo sin rencor alguno de su parte, pues Megan se había lucido, así que le dio la mano cuando la niña se encontraba al fin ya en suelo.

¡Eres bueno pequeño, muy bueno! —le dijo todavía sin darse cuenta de que Megan era una niña y luego la siguió halagando.

—Que nunca jamás nadie te diga lo contrario oíste. —Y Megan únicamente le sonrió mientras el chico le entregaba el dinero que se había juntado de la apuesta y se lo entregó en sus manos todavía sin poder creerlo, ninguno de los cuatro niños podía creerlo ya que por fin su suerte empezaba a cambiar un poco después de todo este calvario que habían estado pasando últimamente.

—Sin pensarlo dos veces y casi huyendo del lugar por el hambre que todos tenían, se fueron corriendo a un restaurante donde servían hamburguesas y papas francesas que se encontraba ahí cerquita de la calle. Y ordenaron un sinfín de cosas como si no hubieran comido por una semana, platicaron y platicaron sin parar de la hazaña de Megan, pero Eduardo como siempre, no hablaba mucho, solo la contemplaba como de costumbre mientras ella hablaba y hablaba haciendo mil visajes y moviendo sus manos para todos lados sin darse cuenta que cada segundo que pasaba, él más y más se enamoraba de su pequeña y muy decidida amiga Megan. Luego de permanecer un poco más ahí guardaron un poco de lo que les sobró en la mochila por si más tarde les daba más hambre y entonces recogieron las pocas cosas que llevaban y siguieron su camino para no perder tanto tiempo, jalada Mariana siempre de la sillita por su querido y adorado primo.

Por otro lado, el castillo de los Huxley era un completo caos. Los sirvientes junto con la enfermera buscaban por toda la casa a los pequeñines traviesos que quien sabe dónde demonios se habían metido, pues parecía como si se los hubiera tragado la tierra, ya que no había ni un solo rastro de ellos, nada, absolutamente nada que indicara donde pudieran estar, así que de pronto se apareció la joven Roberta con un chichón en la cabeza del tamaño del monte Everest, que hasta a uno le dolía nada mas de verla con ese volcán a punto de hacerle erupción y le dijo lo siguiente al ama de llaves para tratarlos de encontrar lo más rápido posible antes de que se dieran cuenta los padres de los niños.

—Yo los vi ayer por la noche, llevaban mochilas y hasta la silla de ruedas de la niña Mariana, de pronto el niño Eduardo me dio con un bate en la cabeza que casi me la partió a la mitad y después ya no supe nada más solo que me desperté con un horrible dolor de cabeza que siento que en este momento me va a estallar sino me tomo una o dos aspirinas antes.

El ama de llaves no podía creer lo que estaba escuchando y lo extraño para ella era que ninguno de los guardias los había visto salir por ningún lado del castillo.

—¿Cómo podía ser eso posible? —se dijo todavía completamente intrigada.

Todos los sirvientes al mismo tiempo buscaron debajo de las camas, en los closets, en todos los jardines y nada, nomás no había ningún rastro de ellos, era como si de pronto se hubieran vuelto invisibles y solo así podían haber pasado desapercibidos para poder haber escapado de ese enorme castillo. Entonces el ama de llaves, la cual era la persona de más confianza en la familia y la que siempre estaba al pendiente de todo, cada vez que salían de viaje, decidió hablarles a los padres de los niños por teléfono para contarles lo sucedido temiendo que ahora sí ese iba a ser su fin. Así que tomó el teléfono totalmente angustiada y empezó a marcar esperando por un lado a que la madre de Eduardo no le contestara, pues estaba segura que le iba a poner una buena regañada.

Del otro lado del mundo y ya casi por tocar tierra ninguna de las dos hermanas contestó el teléfono dentro del avión, pues estaba prohibido hacerlo al menos durante el vuelo, entonces el ama de llaves dejó cada cinco minutos mensaje tras mensaje a ver si alguna de ellas lo escuchaba más tarde y se comunicaban con ella para contarles lo sucedido.

—¡Qué va a ser de mí! —se decía una y otra vez.

—Seguramente me correrán y si pasa un milagro no me cortarán la cabeza —se dijo todavía muy preocupada y con ganas de desaparecer en ese momento de la faz de la tierra.

Por otro lado en casa de Megan y Bobby, su madre se levantó como de costumbre muy temprano a preparar el desayuno para los niños y se asomó al cuarto de ambos y pensó que seguían dormidos pues los pequeños habían colocado algunas almohadas para simular sus pequeños cuerpecitos debajo de las sábanas.

—Que descansen un poco más —pensó—han de estar muy cansados por el colegio y de no parar de jugar todo el santo día en la calle.

Así que empezó a alistarse rápidamente, pues ya se le hacía tarde para irse a trabajar de nuevo y solo faltaban unos cuantos minutos más para que llegara la vecina que todos los días los cuidaba, la cual contaba con una llave para poder entrar y salir de la casa, pues era de muchísima confianza. Después de un rato la señora Olson por fin estuvo lista y salió apurada como de costumbre, encontrándose ahí afuera a su vecina que llegaba justamente a tiempo como todas las mañanas y los fines de semana y rápidamente le dio instrucciones para que no se le hiciera más tarde.

—No los despiertes por favor Ana, se ve que están muy cansados.

—Está bien Señora, no se preocupe, así lo haré —le dijo.

—Mil gracias Anita —le contestó la madre de los niños y luego salió corriendo a su trabajo.

Entonces entró la vecina a la casa y al escuchar todo callado pensó que quizás seguirían los niños dormidos, así que se sentó tranquilamente a desayunar y después a leer un buen libro, esperando que al cabo de un rato los pequeños se fueran a levantar por sí solos y salieran cada uno del cuarto pidiendo su desayuno.

Por otro lado, los pequeños Olson y Huxley seguían su recorrido caminando sin parar y ya llevaban un largo tiempo haciéndolo al mismo tiempo que platicaban como de costumbre de todo y de nada a la vez y mientras lo hacían, Mariana respiraba del aire puro que entraba a sus pequeños pulmones y a la vez que lo hacía, observaba como nunca antes de los hermosísimos paisajes a su alrededor, mientras sostenía su sombrillita para que no le pegara el sol en su carita, vaya, se sentía tan libre como nunca jamás antes lo había hecho y no perdía detalle de cada cosa que iba encontrando en el camino. Los pajaritos cantaban y cantaban sin cesar, extendiendo sus bellas alas volando encima de ellos y el simple hecho de estar fuera de su habitación o del hospital, que era desde hace tiempo como su segunda casa, ya la hacía sentir completamente libre.

Luego de un rato de seguir apreciando el bellísimo paisaje, de pronto Mariana empezó a sentirse muy, muy mal y su carita cambió de tanta alegría a una angustia y desesperación inmediata. De pronto empezó a sentir como si hasta ahí fuera a llegar en el camino y dio un grito muy fuerte quejándose y doblándose de un dolor que le venía del vientre. Eduardo se orilló a un árbol que estaba cerca y la recostó en el piso en donde la niña siguió quejándose sin nadie saber qué hacer en ese momento tan horrible y tan angustiante.

—¡Me duele! —dijo Mariana— ¡me duele mucho! —dijo de nuevo, quejándose sin parar, moviéndose de un lado hacia el otro, retorciéndose del dolor que sentía en ese inesperado momento.

Por desgracia las medicinas de Mariana se las había llevado uno de los jóvenes pandilleros y no podían hacer nada al respecto para ayudarla, entonces todos se sentaron a un lado de ella y le dieron ánimos para seguir adelante y le recordaron una vez más el pozo de los deseos en donde ya faltaba muy poco para llegar y ahí sería entonces donde pediría su gran deseo para ya poder curarse por completo.

—¡Vamos Mariana! ¡Tú puedes! —le decía por un lado Eduardo.

—¡Aguanta un poco más por favor te lo pido! —le dijo Megan— tenemos que seguir adelante, sino nunca llegaremos al pozo mágico de los deseos.

Y luego la esperaron un ratito más, hasta que la niña empezó a sentirse un poquito mejor y eso se le fue notando en su carita que ya no se veía por cierto tan afligida.

—Respira, respira profundo —le decía su primo para que pudiera calmarse y reponerse pronto.

Luego, pasó quizás media hora más hasta que le paso el dolor por completo y Mariana se sintió mucho mejor, así que se subió de nuevo a su sillita sonriendo como siempre con unas ganas de vivir como poca gente en el mundo lo hacía.

Ya un poco más recuperados del susto y del incidente, los niños siguieron entonces caminando, mientras Eduardo empujaba a Mariana por el camino terroso y empedrado. Y ya se encontraban todos sudorosos y llenos de polvo.

Mariana cargaba la mayor parte del tiempo a Party sobre sus piernas y Bobby opinaba sobre la suerte del perro mientras él tenía que seguir caminando todo el tiempo, caminaron aproximadamente por una hora más cuando de pronto, Eduardo empezó a cojear y Megan se dio cuenta de que algo le estaba sucediendo en sus piernas.

—¿Qué te pasa Eduardo? ¿Te encuentras bien?

—No, sinceramente no —les dijo y voltearon todos a ver qué es lo que le estaba pasando; entonces Eduardo se sentó de pronto en el piso y se quitó uno de los zapatos que había robado en la plaza, los cuales por cierto no eran de su talla y luego se dio cuenta que uno de sus pies se encontraba todo ampollado y el otro pie de igual manera, pero ya con las ampollas reventadas y ensangrentadas por todos lados.

—¡Guaaaaácala! —exclamaron todos al verlo, aparte de que los pies le olían peor que un queso gruyere aún y a unos kilómetros de distancia.

—¿Cómo le vas a hacer para seguir caminando? Te va a doler mucho con los zapatos.

—Pues tendré que caminar sin zapatos —dijo Eduardo sin más remedio, pues era imposible seguir haciéndolo con ellos puestos y así lo hizo, siguió caminando largo rato con sus pies descalzos pues ni calcetines traía siquiera para cubrirse las heridas de la tierra y de las piedras que pisaba por el camino. Le dolía mucho pero al mismo tiempo se sintió aliviado de caminar sin los zapatos puestos, ya que lo único que le molestaba era una que otra piedrecilla que pisaba, debes en cuando en el camino, pero no le importó en absoluto, pues todo lo aguantaría hasta ver realizado el sueño de Mariana.

Ya casi terminaban de cruzar el pueblo, él por cierto no era tan pequeño, cuando de pronto sintieron un poco de hambre de nuevo y afortunadamente habían guardado un poco en el restaurante, así que se sentaron a comerse lo que les había sobrado en la orilla de una banqueta vacía y se repartieron por partes iguales lo que les quedaba de provisiones y empezaron a comer rápidamente peor que niños de hospicio.

—Ojalá tuviera una poca de sal —exclamó Mariana mientras probaba su hamburguesa.

—Y yo una malteada gigante de chocolate —dijo Eduardo extrañando todas las cosas cotidianas que antes hacía a diario y así mientras cada uno expresaba sus deseos, del otro lado de la calle los observaba un pequeño vagabundo que lucía aún peor que ellos y que nada más se saboreaba tragando cada segundo su saliva mientras los veía comer a cada uno. Mariana lo miró de lejos sintiendo un poco de pena por el chico, pues se sentía mal al estar ella comiendo enfrente de aquel muchacho que no dejaba de verlos ni por un segundo. Entonces, sin pensarlo mucho se paró y se llevó su parte de la comida y se dirigió hasta él mientras el niño la miraba un poco nervioso mientras ella se acercaba como si lo conociera de toda la vida. Los niños la miraron con cara de extrañados sin saber qué es lo que iba a hacer y luego cruzó del otro lado de la calle y se paró justamente enfrente de él y el pequeño que era quizás un año mayor que ella la observó tímidamente, mientras Mariana le sonrió confiadamente sin saber quién era ese chico; luego extendió su manita ofreciéndole la mitad de su hamburguesa y unas pocas papas francesas que ya lucían un poco duras y aplastadas, pero como el hambre era tanta, seguramente para todos, cualquier cosa sabía a caviar y a manjares para ellos. Al chico se le iluminó su cara de alegría, al ver tan noble gesto de la niña, así que tomó lo que Mariana le ofrecía y se atragantó de inmediato toda la comida que la niña le había dado.

—¡Gracias! ¡Muchas gracias! —le dijo el niño mientras Mariana cruzaba al otro lado de la calle. Luego Mariana se sentó de nuevo con sus amigos satisfecha de lo que acababa de hacer y Eduardo la observó como de costumbre maravillado por sus bellos gestos de amor para con los demás y ella solo le correspondió con una sencilla sonrisa pues se sentía un poco apenada. Eduardo al ver que a su prima ya no le quedaba nada de comida entonces partió la mitad de la mitad de lo que le quedaba de su hamburguesa y los demás le compartieron unas pocas de papitas que les quedaron, excepto Bobby, que se la metió toda a la boca pues para él los alimentos eran completamente sagrados, como para compartirlos con alguien más. Y en unos cuantos segundos por fin todos terminaron de comer, quedándose todavía con un poco de hambre. De pronto vieron al niño que se paró del otro lado y se acercó lentamente hacia ellos, el cual los saludó tímidamente y todos se quedaron un poco atónitos, por lo que a continuación iba a hacer ese chiquillo travieso.

—¡Hola! —dijo— me Llamo Bengi.

—¿Ustedes no son de por aquí verdad? No los había visto antes en el pueblo. Y extendió su mano para presentarse con cada uno de ellos.

—No, no somos de aquí —le contestó Eduardo—nos dirigimos a las montañas para cumplir el sueño de Mariana, sabes tenemos que estar ahí en un máximo de dos días antes de que caiga la gran tormenta. Bengi volteó a ver a Mariana con una tierna sonrisa y les pidió le contaran a detalle porque era tan importante llegar hasta allá en menos de ese tiempo, cosa que le parecía un poco imposible. Entonces los niños uno a uno empezaron a contarle de la enfermedad de Mariana y lo que Larissa les había platicado acerca del arcoíris y también le comentaron todo lo que ya les había pasado en el camino desde la salida de sus casas, sin mencionar que eran los principitos, por temor a que el niño los delatara a la policía pues seguramente todo mundo ya los buscaba o al menos todo mundo en el castillo.

—Sabes, ganamos un poco de dinero gracias a Megan en una competencia de resorteras pero ya lo gastamos todo en comida y necesitamos de más provisiones pues ya estamos muy cerca de entrar a el bosque y ahí adentro no encontraremos ni una tienda ni un supermercado para poder comprar nada y no queremos morirnos ahí dentro ni de hambre ni de frío —le comentó Eduardo muy angustiado por él y por los demás niños.

—Yo sé cómo ayudarlos para que puedan conseguir más comida —les dijo Bengi, completamente seguro de sus palabras por lo que los niños aun sentados se voltearon a ver cada uno con cara de extrañados levantando un poco sus cejas pues no tenían ni la menor idea de lo que le pasaría enseguida a ese ocurrente chiquillo.

—¡Vengan y síganme aquí cerca! —les dijo y los niños se levantaron rápidamente y lo siguieron dudosamente, luego el muchachito se acercó a una tienda que tenía en la entrada macetas de geranios de todos los colores, pero el arrancó solamente algunos pétalos rojos, los cuales frotó con sus manos hasta que les salió un líquido pegajoso y se lo puso en la cara distribuyéndolo sin dejar un solo espacio. Luego se hizo un poco de aire con las manos y al cabo de unos segundos este se puso morado rojizo simulando unos grandes moretones, como si algún experto en maquillaje lo hubiera pintado o como si realmente alguien se los hubiera hecho.

—¡Guauuuu! —exclamaron todos al verle la cara toda moreteada pues parecía que a ese chico de verdad lo habían agarrado entre varios y le hubieran dado una gran paliza.

—¿Cómo hiciste eso? —exclamó Bobby completamente maravillado.

—Pues muy fácil —le dijo Bengi.

—Tú ya viste cómo y de inmediato se puso manos a la obra, así que se bajó de la banqueta y se paró enfrente de un carro que iba pasando por la calle el cual por cierto al ver ahí parado a Bengi sin esperarlo, repentinamente frenó para evitarle el golpe al chiquillo.

Los niños se levantaron inmediatamente preocupados, pensando que el conductor verdaderamente lo había atropellado, pero el chico se aventó a un lado del coche para simular que lo habían golpeado; entonces el conductor, el cual era un señor de avanzada edad, se bajó para cerciorarse que el jovencito estuviera en buenas condiciones y entonces comenzó a hablarle pues quería asegurase de que todavía se encontraba con vida.

—¡Te encuentras bien muchachito! —le dijo angustiadamente el hombre y se agachó de nuevo para revisarlo.

—¡Ay, nada más a ti se te ocurre cruzarte sin voltear a ver la calle! —le dijo el adulto ya en un tono mucho más molesto. Luego, lo volteó boca arriba y el anciano se sorprendió al verlo todo golpeado y luego se llevó las manos a la cabeza pensando que ya lo había matado.

—¡Válgame Dios jovencito!

—¡Mira nada más lo que te he hecho! —se dijo el anciano a punto de soltarse en llanto.

Mientras tanto, del otro lado de la banqueta, lo observaban totalmente sorprendidos los otros niños, sin saber exactamente qué es lo que realmente estaba pasando y siguieron callados sin moverse, pues no querían arruinar el plan de Bengi si es que realmente había tenido uno, pues ahora mismo empezaban a dudarlo.

—¡Haber, haber! —le dijo muy preocupado el anciano.

—¡Déjame llevarte aquí cerca a un hospital para que te curen esos golpes! —por lo cual al escucharlo Bengi, se paró rápidamente y salió corriendo por uno de los callejones, robando la cartera del anciano, que ni siquiera se había inmutado, dejándolo ahí parado, por lo que el anciano se quedó un poco sorprendido por la reacción del niño y al verlo correr rápidamente, este se subió de nuevo a el coche suponiendo que el niño no estaba tan grave como él había pensado. Y luego siguió manejando diciendo un montón de cosas maldiciendo al jovencito por la estúpida de su broma.

Cuando Bengi vio que el anciano ya se había alejado, se asomó por el callejón buscando a sus nuevos amigos y les hizo una señal a los niños para que fueran y se acercaran con él, para enseñarles lo que había robado.

—¡Vengan, vengan, apúrense! —les gritó fuertemente, pues temía que el anciano al darse cuenta que no tenía su cartera se regresara a buscarla y lo reprendiera llevándolo hasta la cárcel; entonces los niños cruzaron hasta el otro lado con el chico y se escondieron más adentro para no ser vistos por nadie y ya ahí Bengi les enseñó la cartera que le había robado al anciano. Y como era de esperarse, todos mostraron cara de asombro al ver lo valiente y arriesgado que era su nuevo amigo; luego este inmediatamente abrió la cartera para ver cuánto dinero había ahí adentro, pero para sorpresa de todos no había mucho, pero si lo suficiente para comprar lo necesario y adentrarse al bosque sin pasar hambre lo que les faltaba de camino. Todos pusieron una cara de completa alegría y se dirigieron a la tienda y ahí compraron un montón de cosas en especial golosinas y una mochila para guardar toda la comida, además de unas sandalias nuevas para Eduardo de lo más sencillas, para no seguir caminando descalzo.

Al salir de ahí, empezaron a despedirse de Bengi, agradeciéndole lo que había hecho por ellos, pues no pensaban invitarlo a ir con ellos, suponiendo que quizás no querría acompañarlos.

—Gracias por todo Bengi, sin ti no hubiéramos tenido para comer los próximos días en el bosque —dijeron Eduardo y Mariana dándole un gran abrazo.

—¡Sí, gracias Bengi!, aunque casi no nos conocemos, eres un gran amigo —le dijo Mariana, al igual que Bobby.

¡Guauuu, Guauuu, Guauuu! —les dijo Bengi, dando unos cuantos pasos para atrás.

—¿Apoco ya quieren que me vaya tan pronto?

—Yo les iba a proponer, que si no querían que los acompañara lo que les queda de camino. Además no tengo nada más importante que hacer, se los juro.

—¿De verdad quieres acompañarnos Bengi? —le preguntaron todos los niños con cara de completa alegría.

—¡Por supuesto que sí! —les contestó.

—Yo conozco mejor el bosque que ustedes, pues ya lo he cruzado algunas veces y créanme no es tan fácil como parece.

Luego con la parte que le había correspondido del reparto de dinero de la cartera del anciano se regresó a la tiendita y compró unas cuantas cosas más y las guardó en su propia bolsita que le colgaba del hombro. Mientras, los demás lo esperaron ahí sentados en la banqueta descansando un poco para agarrar fuerzas para lo que les restaba del camino. Y luego salió Bengi con su mochila llena de provisiones y les dijo a los niños que ya tenía todo lo que les iba a hacer falta para tener un viaje seguro durante todo el camino.

—¡Listo! —dijo.

—¡Ya nos podemos ir! —así que al escucharlo todos se levantaron de la banqueta y se dieron la media vuelta y siguieron caminando todos juntos mientras Bengi cargaba a Party en brazos, haciéndole un montón de caricias en su lomito.

CAPITULO XVI

En búsqueda del pozo de los deseos

Por otro lado, en casa de Megan y Bobby ya había pasado mucho tiempo desde que la madre de los niños se había ido a trabajar; entonces la señora que cuidaba de Megan y Bobby miró extrañada el reloj de la pared, pues ya le había parecido mucho el tiempo el que los niños todavía no se levantaran y no vinieran a desayunar a la cocina con ella, así que entró al cuarto de ambos y levantó las sabanas notando que ninguno de los dos se encontraban ahí y solo observó un par de almohadas en cada una de las camas, quedando un poco sorprendida y a la vez espantada, así que decidió ir corriendo personalmente al trabajo de la señora Olson a contarle lo que estaba sucediendo en su casa.

Ya ahí, la vecina la vio atendiendo una mesa a lo lejos y se acercó a ella jalándola del brazo y llevándola a una esquina y empezó a contarle todo lo que estaba sucediendo, sintiéndose al mismo tiempo muy apenada por no haberse dado cuenta de eso cuando había llegado a la casa. Al terminar de escuchar hablar a la vecina, la señora Olson dejó caer al suelo una charola de platos que acababa de limpiar de algunas mesas sin dejar ningún solo plato a salvo en el suelo, a lo cual el dueño del restaurante, el cual era una persona de muy mal carácter por cierto, se enojó aún más al ver que la señora Olson se había retirado del lugar, sin haber recogido absolutamente nada y sin haberle pedido permiso para abandonar el restaurante.

—¡Esta despedida Señora Olson y no vuelva mañana ni siquiera por su liquidación! —le gritó el señor enojadísimo por la puerta, mientras la veía alejarse con su vecina hasta perderlas de vista.

Ya en la colonia se pusieron a preguntar a los vecinos, a la gente de la calle y a todo aquel que se iban topando mostrando las fotos de los niños, para ver si alguien sabía algo de ellos, pues no sabía cuánto tiempo llevaban sus hijos desaparecidos. Al ver la señora Olson que nadie sabía nada de ellos, se dirigió entonces angustiada a la comisaría del pueblo, pero ahí le dijeron que tenía que esperar más de 24 horas para darlos como desaparecidos.

—¡Qué voy a hacer ahora sin mis hijos! —se dijo y se sentó angustiada en una silla, imaginando únicamente lo peor, pues quizás los habían secuestrado o quizás solo era una travesura más de su muy inquieta hija.

—¡Ay Dios mío, que no les vayan a hacer nada! —se decía a sí misma brotándole las lágrimas por las mejillas sin parar, una detrás de otra.

Mientras tanto, en casa de los Huxley y los Windsburg, luego de varios intentos por comunicarse con los padres de ambos niños, por fin al tocar tierra en el aeropuerto de una de las playas más hermosas del mundo, logró el ama de llaves comunicarse con la madre de Eduardo, la cual se dignó a contestar el celular al ver tantas llamadas perdidas.

—¿Sí? ¿Bueno?

—¿Eres tú, Ana?

—¿Qué es lo que pasa?

—¿Están los niños todos bien?

—¿Por qué te escuchas tan angustiada? —le dijo sin dejar hablar al ama de llaves ni por un segundo.

Luego de una pausa larga de silencio, Catalina se enteró que los niños llevaban largas horas desaparecidos, sin dejar rastro alguno de donde pudieran estar. Y entonces Catalina colgó el teléfono sin decir una sola palabra mientras la miraban su hermana y sus respectivos esposos y su sobrina Larissa esperando a que ya hablara y dijera rápidamente alguna palabra.

—¡Ay Dios mío!

—¡No!

—¡No puede ser!

—¡No puede estar pasando esto!

—¡Todo esto es por mi culpa!

—¡Tenemos que regresarnos! —les dijo histéricamente, por fin reaccionando por todo lo que había contado el ama de llaves.

—¿Pero por qué? —le preguntó su hermana un tanto angustiada.

—¡Dinos ahora mismo que es lo qué está pasando!

—¿Qué le pasó a Mariana? —le preguntó su hermana con tanta desesperación, que no paraba de gritarle.

—¡Los niños! —les dijo Catalina.

—¡Han desaparecido todos! —les dijo con palabras entrecortadas y llanto.

—No se sabe nada de ellos desde hace varias horas; solamente que desde que despertaron no los han encontrado por ninguna parte. De inmediato, al escuchar las palabras de Catalina, los padres de ambos niños se apuraron a hablarle a sus contactos y a la policía para que empezaran a buscarlos por cielo mar y tierra en lo que ellos se regresaban de nuevo a su país, para buscarlos también ellos mismos. Carolina, la madre de Mariana, no paraba de llorar desconsoladamente mientras que Larissa la abrazaba para consolarla mostrándole todo su apoyo incondicionalmente.

Catalina era mucho más fuerte y dura que Carolina, ya que ninguna lágrima corría por sus mejillas, pues ella pensaba que con cabeza fría podía pensar mucho mejor y saber exactamente qué hacer en esos casos tan desesperantes. De inmediato decidieron viajar en el jet privado, pero tenían que esperar a que le dieran mantenimiento de nuevo y lo llenaran de gasolina hasta el tope, además de más de diez horas de vuelo; sin embargo, todos se encontraban ya demasiado agotados por el viaje y además tenían que esperar en el aeropuerto por un buen rato, hasta que su avión estuviera listo.

Mientras tanto, ninguno dejaba de caminar de un lado a otro, excepto Larissa, que estaba furiosa con ellos por todo lo que estaba ocurriendo.

—¡Ay malditos mocosos!

—¡Cuando los vea me las van a pagar! —pensó, pues estaba demasiado frustrada porque se le había arruinado por completo su soñado viaje al otro lado del mundo.

Por otro lado, ya entrando al bosque, luego de caminar un buen rato con Bengi, este le preguntó a Megan porque Mariana iba siempre en silla de ruedas casi todo el tiempo, a lo que la niña le contestó lo siguiente:

—Como te habíamos dicho antes Bengi, Mariana tiene cáncer en la sangre, se llama leucemia, sabes lo que es eso Bengi?

—Más o menos —le contestó el niño.

—Solo sé que casi nunca se cura y casi todo el mundo se puede morir sí es que lo tiene.

—Bueno pues eso tiene Mariana —le contestó Megan, con una mueca de tristeza y dando un gran suspiro.

—Por eso la llevamos a las montañas, ya que ahí esperaremos a que llueva y salga el arcoíris, donde aparecerá un pozo de los deseos y pueda cumplirnos uno para que Mariana se pueda salvar milagrosamente.

—Bengi no parecía muy convencido de lo que escuchaba, pero aun así decidió apoyarlos y acompañarlos hasta el final del recorrido.

Ya casi era de noche y después de varias pausas de descanso ya empezaba a obscurecer de nuevo muy rápidamente; sin embargo, unos pasos más delante llegaron a un riachuelo. Y ya sintiéndose muy cansados y estando demasiado sudados decidieron darse un buen baño para relajarse y agarrar una poca más de energía; entonces se acercaron a la orilla y se lavaron sus manos y su cara sintiendo tanta frescura y luego empezaron a echarse agua unos a otros sin parar hasta quedar completamente empapados, después, empezaron a tirarse de clavados e hicieron bombitas con su cuerpo para mojarse unos a otros y además se tiraron desde un árbol que se encontraba en la orilla del agua, salpicándose unos a otros, riendo sin parar hasta que se cansaron y se salieron a acostarse en el pasto, para que la brisa los fuera secando poco a poco, pues ya no había nada de sol y el cielo estaba desde muy temprano completamente nublado.

De pronto a Bobby le dieron tremendas ganas de ir al baño y a Mariana y a Bengi también, así que la niña les advirtió que no se acercaran a ella y que se alejaran de ser posible lo más lejos que se pudiera.

¡Aléjense todos de mi oyeron! ¡Los quiero por lo menos a veinte kilómetros a la redonda! —les dijo Mariana, para que no la fueran a ver haciendo sus necesidades, cosa que no era muy bonita ni muy agradable de ver a nadie y los otros dos niños también se alejaron lo más que pudieron pues les daba pena que Mariana también los fuera a ver con sus pequeñas partes de fuera.

Entonces Megan y Eduardo se quedaron ahí solos sentados debajo de un enorme árbol, recargados platicando de todo y de nada a la vez, sosteniendo en medio de ellos a su perrito Poodle, como si fuera este el chaperón de Megan. Como siempre, la que más hablaba era ella, ya que siempre que lo hacía apenas alcanzaba a dar uno que otro respiro entre palabra y palabra. Y además lo hacía con tanta gracia, siempre inquieta, moviendo las manos para todos lados y riéndose a veces de sí misma para hacer reír también a Eduardo.

Fue entonces que entre palabra y palabra Megan volteó a ver fijamente a los ojos de Eduardo, que a su vez la miraba con una ternura que nunca nadie le había mostrado antes; bueno al menos nunca jamás un niño y su risa, por supuesto de inmediato se congeló y luego bajó las manos después de tanto aspaviento, pues Eduardo la estaba poniendo con esa miradita «fusilante» demasiado nerviosa. Fue justo en ese momento que Eduardo se acercó y rápidamente selló sus labios con los de Megan, que lo miraba con los ojos más grandes que cualquier búho que pudiera estar por ahí cerca y luego Eduardo se separó de ella y la siguió observando como siempre con esa mirada fija y penetrante que era muy característico de él, pero no le decía nada pues solo la observaba como siempre hipnotizado por sus palabras y su bella sonrisa que algunas veces retorcía por pena.

Megan después de eso no alzó la mirada en absoluto hacia él, sino que más bien la desvió para uno y otro lado sin saber que decir o que hacer en ese momento, así que Eduardo arrancó una florecita que estaba a un lado de él y se la obsequió a Megan con una enorme sonrisa de picardía, a la cual Megan correspondió, dándole una pequeña piedra, aplastada curiosamente en forma de corazón y de un color muy especial que estaba cerquita de ella.

Eduardo sonrió como de costumbre, pues lo que le encantaba de Megan era exactamente eso, su espontaneidad y su ingenuidad al hacer o decir las cosas.

Por otro lado, Mariana había seguido a Bengi para espiarlo y ver qué es lo que hacía, así es que lo siguió, hasta que se detuvo y a unos pasos de él se escondió detrás de un árbol y observó cada uno de sus movimientos, sin que este se diera cuenta. Volteando a todos lados, todavía siendo precavido, el niño se bajó el cierre y empezó a hacer pipí mientras Mariana lo observaba con la boca más abierta que cualquiera de las veces que había ido al dentista. Luego, terminando sin ninguna prisa, Bengi se subió el cierre y se fue caminando de ahí silbando, sin sospechar absolutamente nada, mientras Mariana se escondió cautelosamente en lo que Bengi se alejaba de ahí para poder salir ella y alcanzarlos inmediatamente.

Todavía con la imagen en su cabeza, únicamente se dijo a sí misma en voz baja «guauuu» y se dirigió a los niños con una sonrisita picarona por haber visto por primera vez las partes privadas de un niño, que por cierto no habían sido las de un bebé, cosa que le dio luego muchísima risa. Después uno a uno fueron acercándose los demás niños con Megan y Eduardo y se sentaron a su alrededor a descansar unos minutos más para seguir el camino, antes de que llegara la hora de dormir y los alcanzara la noche de nuevo.

Como siempre, sacando su dotación de chistes cada vez que se sentaban a descansar, se le ocurrió a Bobby decir un montón de cómicas historietas y por último y como si hubiera sido poco, se le ocurrió cerrar con broche de oro diciéndoles la siguiente tontería:

—Nada más falta, que con todo lo que nos ha pasado en el camino, también nos salga un enorme oso Pardo y se lleve toda nuestra comida y nuestras pocas cosas que tenemos.

—¡Claro que no! —le dijeron todos.

—¿Cómo se te ocurre Bobby?

Por aquí no hay osos, ¿verdad que no Bengi? —le preguntaron al niño, para tratar de convencerse de que eso no podría ser posible, por lo que Bengi no dijo absolutamente nada, pues él ya había escuchado antes que a mucha gente ya se les habían aparecido ahí en el bosque, algunos dándoles tremendos sustos y luego y de unos cuantos segundos de silencio siguió pensando Bengi lo que acababa de decir Bobby; parecía como si esas mismas palabras las hubiera invocado al cielo, porque justo cuando terminó de decirlas, de pronto notaron la presencia de un oso que se dirigía hacia ellos, atraído por el olor de la mochila la cual se encontraba llena de deliciosas golosinas y comida por dentro; luego, al ver ahí parado al oso ya muy cerca de ellos con cara de espanto y boca abierta sin poder creerlo todavía, se levantaron casi volando y salieron corriendo gritando y extendiendo sus manos para todos lados. Y gritaron y gritaron alejándose lo más que pudieron de ahí, hasta que cada quien encontró su propio escondite como si estuvieran jugando con el oso y este fuera a contar para enseguida salir a buscarlos a ellos. Megan se escondió atrás de unos arbustos sacando solo los ojos por encima para no ser notada por el gigantesco animal, que jugaba con la mochila. Y Bobby se subió hasta lo más alto de un árbol para que según él, el oso no pudiera alcanzarlo.

Eduardo y Mariana se metieron adentro de una cuevita que estaba cerquita del río y se llevaron a Party cargándolo en brazos para que no le ladrara al oso y este no le fuera a hacer daño, por último Bengi se tiró un clavado al río sin pensarlo dos veces y se acercó cuidadosamente a la orilla para observar sigilosamente cada movimiento que daba ese gigantesco monstruo.

Luego de unos cuantos minutos, el oso zangoloteó para todos lados la mochila y se comió casi todo lo que había en ella, la cual al terminar inmediatamente la aventó a un lado y se dio la media vuelta para irse caminando cuesta abajo por ese sendero; después cuando ya todos vieron que el oso estaba lo bastante lejos de ellos cada uno fue saliendo de su escondite y se juntaron otra vez de nuevo todavía un poco temerosos por lo sucedido.

—¡Ahora, nada más nos falta que nos caiga también un rayo del cielo! —murmuró de nuevo Bobby, sin poder quedarse ni un segundo callado; el cual al terminar de decir justamente esas palabras, todos voltearon a verlo con cara de enojo y le gritaron todos al mismo tiempo que ya se callara la boca.

—¡Ya Bobby! ¡Mejor no digas ya nada! ¡Hasta parece que todo lo que dices nos trae mala suerte y se vuelve realidad!

Y así lo hizo. Entonces apenado el niño, todavía por lo que había predicho, se llevó las dos manos a la boca y se la tapó sin decir ni una sola palabra. Luego se acercaron a la mochila toda babeada y para sorpresa de todos todavía quedaban uno que otro dulce que el oso había dejado y un paquete de salchichas cerrado que estaba hasta el fondo en un cierre escondido y que el oso no había encontrado.

—¡Ay! ¿Ahora que vamos a hacer? —dijo Mariana tristemente.

—Otra vez nos quedamos sin comida y ahora si no tenemos ninguna tienda cerca, ni a nadie a quien podamos pedirle algo de dinero para seguir con nuestro viaje —les dijo de nuevo la niña, llevándose sus manos a su cara, tapándosela para que no la vieran llorar de nuevo.

—¡No pasa nada Mariana! —le dijo Bengi animosamente a la niña.

—¡Dentro del bosque hay muchas cosas que podemos comer!

—¡No te preocupes, en serio! —terminó diciéndoles, por lo que los ojos de todos se iluminaron al terminar de escucharlo y le preguntaron que si era verdad lo que estaba diciendo o solo lo hacía para consolarlos.

—¿No nos estas mintiendo Bengi? —le preguntó esperanzada Mariana.

—¡Claro que no!

—¡Se los juro! —les contestó de nuevo el niño.

—Hay nueces, moras, fresas y otras cosas que comer. Y si tenemos suerte, hasta alguno que otro pez podemos pescar mañana en el río, ya lo verán —les dijo para animarlos y para contentarlos un poco, en especial a Mariana, la cual se veía un poco afligida, por eso todos se sintieron un poco aliviados al escucharlo y ya había obscurecido bastante, así que decidieron ir a descansar por unas cuantas horas para continuar al día siguiente con más energía. Entonces se dirigieron a la cuevita que estaba a unos cuantos pasos y se resguardaron de la llovizna que había empezado a caer desde hacía apenas un pequeño instante y se acostaron todos juntos para hacerse un poco de calor, ya que con la llovizna y ya entrada la madrugada, lo estaban comenzando a sentir y eso realmente ya los estaba empezando a molestar bastante.

Pasó quizás una media hora cuando de pronto todos se quedaron profundamente dormidos de lo cansados y pesado que había sido en especial ese día y entonces algunos se empezaron a mover un poco y otros hicieron una que otra mueca por los sueños que estaban teniendo en ese preciso momento. Por ejemplo, Bobby soñaba que era un rey sentado en su trono con su enorme corona, mandando a los sirvientes para que le trajeran diferentes y muy variados platillos, uno tras otro, uno tras otro, seguidos de un sin fin de postres y claro está a un lado de él se encontraban sus dos perritos callejeros también muy consentidos por los sirvientes.

Megan soñaba que algún día se iba a casar con un presidente y que con el tiempo sería una dama muy respetada y también que ayudaría a todo su país abriendo escuelas y hospitales para que no existiera nunca en él la pobreza ni las carencias en nadie.

Mariana soñaba que hacía todo tipo de deportes extremos al aire libre y hasta se vio nadando debajo del mar rozándole toda clase de hermosos y exóticos peces y Eduardo soñaba que era un político muy importante seguido siempre de reporteros y cámaras acompañándolo a todos lados, a donde iba con guardaespaldas y limosinas siempre esperándolo y entrevistándolo a todos lados que iba.

Por ultimo Bengi, que nunca había conocido el amor de una familia, se imaginó con unos padres que lo querían mucho, con muchos hermanos y familiares en una gran fiesta bebiendo y festejando su cumpleaños mientras el abría emocionado todos los regalos que todo mundo le había dado en ese día.

Así se quedaron pacíficamente dormidos toda la noche, únicamente acompañados por los ruidos nocturnos de los grillos y uno que otro animal travieso que caminaba por ahí cerca y otros que los observaban de lejos.

Por otro lado en el aeropuerto, mientras esperaban sentados a que alguien les avisara que todo estaba listo para viajar, Catalina vio cerca de ellos a un niño que se parecía un poco a Eduardo y que sostenía una taza grande al parecer era un «recuerdito del viaje» que su madre le acababa de dar para que se lo cuidara. Y luego, le dijo que lo esperara ahí un rato mientras iba a comprar otra igual a unos cuantos pasos de donde se encontraban sentados.

—Ten mucho cuidado —le dijo la madre.

—No la vayas a romper. Enseguida regreso, ¿está bien? —a lo que el niño le dijo que sí y solo la observó mientras ella entraba a la tienda demasiado apurada para poder salir rápido y encontrarse con su hijo.

Al ver el niño que su madre tardaba mucho se empezó a desesperar y se levantó a jugar con otro niño que se encontraba a su lado y colocó la taza recargada apenas en la orilla del asiento y entre golpes y patadas en el aire simulando ambos niños ser algo así como una especie de súper héroes, de pronto uno de los pequeños lanzó una patada en el aire y golpeó por accidente la taza tirándola al suelo hasta romperse esta en mil pedazos. De pronto el chiquillo empezó a llorar sin saber que hacer pues estaba seguro que su madre lo regañaría y justamente así fue, ya que cuando al fin llegó la mujer y al ver tirada la taza en el suelo ni siquiera fue para preguntarle a su hijo si se encontraba bien y cerciorarse de que no se hubiera cortado sino todo lo contrario, ya que el niño le quiso explicar cómo es que habían ocurrido las cosas y la señora no se lo permitió, dándole aparte unas cuantas nalgadas delante de todo el mundo, sin dejar explicarle la criatura lo que realmente había sucedido; fue entonces en ese momento que Catalina comprendió todo lo mala e incomprensible que había sido con su hijo cada vez que lo regañaba por tonterías, sin dejar nunca explicarle como sucedían exactamente las cosas; las lágrimas aun y cuando se había dicho que no lo haría, empezaron a correrle por las mejillas y esto fue por el remordimiento que sentía y por toda la culpabilidad que no le cabía en el pecho. Fue entonces que se dijo a sí misma lo siguiente, sintiendo al mismo tiempo un profundo dolor que no le cabía en el pecho:

—¡Ay mi muchachito! —se dijo.

—Nunca te he dado la oportunidad de que me expliques nada. Únicamente te he regañado y te he hecho sentir el niño más infeliz del mundo.

—Pero eso sí, te juro, en donde quiera que estés en este momento y si vuelvo a verte algún día, que nunca jamás te volveré a hacer lo mismo, ¡te lo juro! ¡te lo juro! tendrás siempre toda mi atención y mi apoyo hijito mío. Terminó diciéndose Catalina completamente arrepentida y luego fijó tristemente la mirada hacia el suelo, sin decir ya ni una sola palabra al respecto.

Por fin el combustible del avión estaba ya casi lleno y el equipaje de las familias ya estaba adentro, así que todos se apresuraron y subieron de inmediato al jet y se abrocharon los cinturones de seguridad para poder despegar todos de nuevo y dirigirse una vez más hasta su lugar de origen.

Ya dentro, Las hermanas no paraban de llorar y los afligidos padres también sentían una gran culpabilidad, pues ellos por sus respectivos puestos importantes también nunca estaban en casa para pasar tiempo con sus hijos, ni tampoco con sus respectivas esposas. Por otro lado, Larissa, ya un poco más tranquila en comparación de hace unos momentos, en el fondo se encontraba un poco preocupada y aunque no mostraba mucho sus emociones, pensaba en lo mal que la pudiera estar pasando en este momento su hermanita menor con su enfermedad y solo se podía imaginar lo peor, pues podría estar secuestrada o quizás se habían alejado demasiado y se habían perdido y un sinfín de cosas más pasaron por su cabeza que no le dejaba de dar vueltas y vueltas hasta sentir que estaba a punto de estallarle.

Todavía faltaba un largo camino y horas y horas de vuelo y cada uno en el avión pensaba en todas las cosas que habían hecho mal estos últimos años, hasta que luego de un par de horas se quedaron todos profundamente dormidos de lo agotados que estaban tanto física como emocionalmente.

Por otro lado en el bosque y ya de madrugada, los ruidos nocturnos se escuchaban por todas partes sin cesar como algunos grillos cantando, uno que otro búho inquieto saludando a los demás y también se escuchaba el ruido del río corriendo cuesta abajo, que relajaba a cualquiera golpeando sobre las rocas, haciendo un sonido maravilloso y singular, entonces y así sin más, las horas siguieron pasando al igual que ese magnífico río sin poder ninguno de los dos detenerse hasta que se hizo de nuevo de mañana, vaya eran apenas las 6 a.m. cuando amaneció y los niños siguieron dormidos, quizás unas dos horas más hasta cercanas las 8. Después, uno a uno se fueron levantando ya un poco más descansados del día anterior, excepto Mariana, a la cual le hablaron varias veces por su nombre para que despertara, pero nomás no pasó nada. Entonces Eduardo se acercó para ver si se encontraba bien su prima, pues le estaba pareciendo demasiado extraño todo eso pero Mariana se encontraba un poco débil y muy fatigada cosa que le impedía poder levantarse del todo.

—¡Mariana, levántate ya! Acuérdate que debemos continuar con nuestro camino —le dijo Eduardo sin obtener ninguna respuesta por parte de su prima. Entonces, siguió moviéndola una y otra vez, pero la niña no se levantó para nada, cosa que hizo que Eduardo ahora sí empezara a preocuparse por ella bastante.

—¡Mariana por favor no te mueras todavía, aguanta un poco más, por favor! —le dijo ahora angustiado Eduardo, mientras le corrían todas las lágrimas del mundo por sus mejillas. Los niños observaban con su carita afligida también todo el panorama, creyendo que ya todo estaba perdido y entonces Eduardo se levantó furioso y empezó a aventar todo lo que tenía enfrente de él, desde rocas grandes, pequeños arbustos y por último comenzó a golpear el suelo estando boca abajo, además de maldecir gritando en contra de Dios y del mundo entero.

También su perrito Poodle la llevó en este viaje. Pues pensando el animal que Eduardo estaba jugando, comenzó a correr alrededor de él dando vueltas y vueltas sin parar de ladrarle, entonces Eduardo todavía furioso, lo volteó a ver con un odio como pocas veces lo había sentido antes y tomó un poco de vuelo con el pie derecho hasta atrás y le dio un puntapié tan fuerte que lo lanzó unos segundos por el aire soltando un gran chillido el cachorrito hasta caer al fin al suelo.

—¡¿Qué te pasa Eduardo?! ¿Acaso estás loco? —lo tomó Megan de la mano y lo sentó por ahí cerca en una roca abrazándolo fuertemente para que se le pasara el enojo.

—¡Mírame a los ojos! —le dijo acercando su cara hacia la de ella. Ahora respira profundo, vamos, varias veces, hazlo conmigo. Respira, respira, así es despacio, lo estás haciendo muy bien —le dijo mientras veía como empezaba Eduardo a calmarse poco a poco hasta que logró hacerlo por completo.

—Ahora, repite conmigo muy lentamente lo siguiente, cada vez que te sientas así —le dijo la niña casi haciendo jurar eso para que nunca jamás volviera a olvidársele.

—Estoy tranquilo, estoy tranquilo —repitió Eduardo— estoy tranquilo —volvió el niño a repetirlo.

Y así lo hicieron ambos una vez más hasta lograr Megan que Eduardo lo estuviera por completo, luego, Eduardo la miró un poco avergonzado por lo que acababa de hacerle a su amiguito peludo, que enseguida fue para tomarlo en brazos y le dio un fuerte abrazo al cachorro como para disculparse con él por haberse salido de nuevo de sus casillas.

—Gracias Megan. Discúlpame por favor. Es que estoy tan triste —le dijo Eduardo con muchísima nostalgia en sus palabras.

—Esto vamos a hacer cada vez que pierdas los estribos ¿oíste? Y si no estoy yo cerca para abrazarte, te alejaras un poco y pensaras en mí y harás el ejercicio en tu mente ¿me lo prometes Eduardo?

Sí, Megan te lo prometo —le dijo Eduardo, devolviéndole una sonrisa más serena y mucho más tranquila a la niña. De pronto y como si esto hubiera servido de algo, Mariana empezó a moverse y a levantarse poco a poco, recuperando al fin cada uno de sus cinco sentidos inmediatamente.

—¡Mariana! —gritó Eduardo y se dirigió hasta su lado dándole un fuerte abrazo, por lo que Mariana no dejaba de toser y tenía un poco de dificultad para respirar y su cara y sus brazos lucían un poco inflamados pero sobre todo el cansancio en su cara era notorio en ese preciso momento.

—¡Ay! —les dijo—. Me siento un poco cansada y tengo muchísima hambre.

—No te preocupes por eso —le dijeron algunos de los niños.

—Te traeremos algo de comida inmediatamente —le dijo Bengi para poder reanimarla un poco.

—Espéranos aquí con Megan, que enseguida te conseguiremos algo.

—Bueno está bien pero no se tarden mucho y no se alejen tanto, no vaya a ser que les salga otro oso o algún otro animal salvaje —les dijo Mariana, pues para sustos ya habían tenido los suficientes.

¡Enseguida regresamos no se preocupen! —les dijeron los tres niños y así lo hicieron, alejándose un poco de ellas pero sin perderlas de vista nunca. Mientras unos cogían nueces, otros cogían semillas, pero Eduardo quería las moras del árbol que estaba enfrente de él; así que de lejos levantó la mano diciéndole a Megan que fuera hacia él, ya que era toda una experta en trepar árboles y piscar moras y entonces Megan se levantó de inmediato y se dirigió hacia Eduardo diciéndole a Mariana que la dejaría sola por un rato pero que inmediatamente volvería.

—Enseguida vuelvo Mariana. ¿Está bien?

—Sí, está bien, no se preocupen, aquí los espero —le contestó Mariana mientras seguía tosiendo y tosiendo y su nariz no dejaba de correrle por tanta mucosidad que tenía, pues esos días no había bebido casi nada de líquidos los cuales eran esenciales para su salud y su tratamiento.

Mientras los segundos seguían transcurriendo, cada uno iba llegando con Mariana y dejaba su montoncito cerca y a las ardillas que andaban por ahí cerca merodeando, les encantó la idea, ya que una que otra que se acercaba al montón, se robaban una o dos y luego salían corriendo otra vez para comérselas y poder regresar por más de nuevo. Mariana estaba sentada y recargada en el árbol, así que se colocó algunas nueces encima de ella y algunas ardillas se le subieron de nuevo para llevárselas. Y Mariana estaba divertidísima con todo esto pues solo reía y reía, ya que ahí sentadita trataba de moverse lo menos que podía, para que siguieran acercándose sus nuevas amigas las pequeñas ardillitas.

De verdad, que como estaba Mariana disfrutando este viaje, ya que estaba siendo sin lugar a dudas el mejor de toda su vida, aún y con todas las complicaciones que ya habían tenido en él, pues se sentía completamente libre y ni ganas le daban de nuevo de volver a ese horrible hospital para seguir encerrada una vez más por quien sabe cuántos meses.

Luego, poco a poco fue guardando todo en la mochila donde pusieron todas sus provisiones, pues estaba segura que aquellas ardillas ladronzuelas los iban a dejar absolutamente sin nada; sin embargo, hubo después un momento en que ya no cabía nada más, así que juntó un montoncito a un ladito de ella y se quedó quietecita, esperando a que le trajeran algo más y de pronto y sin esperárselo sintió la presencia de algo a su izquierda y giró la cabeza muy lentamente para ver de qué se trataba y este no era más que un pequeño venadito que se acercaba cuidadosamente a comer del montoncito, el cual Mariana al verlo ahí tan cerquita de ella, contuvo un poco la respiración y no se movió para nada para que este no tuviera miedo y comiera un poco de las semillas del suelo que se encontraban a un lado de ella. Mariana seguía maravillada con todo eso y no lo podía creer, así que permaneció como una completa estatua y solo movió sus ojos de un lado a otro para observar al venadito comer. Luego, el venado se acercó y la observó como si fuera su dueña y no tuvo miedo de ella, así que la pequeña puso unas pocas de semillas en su mano y muy cuidadosamente las acercó a la boquita del venadito para que este comiera de ella y este empezó a comer con toda la confianza del mundo, como si conociera a la niña de toda la vida. A lo lejos todos los niños solo la observaron maravillados en especial Eduardo, pues eso en realidad no le sorprendía, ya que sabía en el fondo que Mariana tenía mucho ángel y que era alguien muy especial y única aquí en la tierra, luego los niños se empezaron a acercar con las manos llenas y al notar su presencia el venado salió saltando dando brincos para alejarse completamente de ellos y mientras tanto Mariana no dejaba de reír y de contarle a sus amigos lo bonito que había sentido al tener al venadito junto a ella comiendo.

Luego de un rato, mientras todos comían un poco de las cosas que habían juntado, como moras, nueces y también unas pocas de semillas, como era su costumbre, Bobby con todo su repertorio de chistes nuevos los hizo reír sin parar, para hacer más agradable el momento, pero no solamente los contó, pues también los actuó e hizo todo tipo de voces y gestos para causarles más risa a sus compañeros de viaje. Luego y después de un rato de estar platicando y comiendo, al fin terminaron y se pararon todos para seguir caminando y ya se encontraban bronceados por el sol y muy cansados, pero eso no los detendría para seguir su camino hasta llegar hasta las montañas.

Por lo tanto, en el pueblo, la madre de Megan y Bobby había pasado una pésima noche angustiada y desesperada, pues no paró de llorar a cada instante, sin saber ya que más hacer, además de que ya había preguntado a todos en el pueblo y a sus amistades y en el colegio y en cada rincón que se le pudiera haber ocurrido, así que salió de nuevo apenas amaneció y se dirigió a la comisaría a ver si tenían alguna nueva noticia de ellos pero nada.

De igual forma, cuando los Huxley y los Winsburg apenas tocaron tierra, se dirigieron de inmediato al castillo y se subieron a la limosina, donde Catalina le pidió al chofer que acelerara lo más que podía, para llegar rápidamente a su casa.

Llegando al castillo, los sirvientes salieron a recibirlos totalmente angustiados, en especial Ana, el ama de llaves que ya pensaba en su renuncia antes de hablar con doña Catalina, la cual era exageradamente estricta. Ya dentro de la casa, Catalina habló con el ama de llaves, para ver cómo es que había sucedido todo esto y empezó a cuestionarla bombardeándola con pregunta tras pregunta sin ni siquiera dejarla hablar, pues estaba completamente nerviosa con ese asunto de la desaparición de los niños.

—¿Por qué Ana? ¿Por qué? Te dije que estaban bajo tu completo cuidado ¿porque me fallaste de esa manera? —le dijo Catalina al ama de llaves muy molesta y angustiada, pues había depositado toda su confianza en ella.

—Discúlpeme por favor Señora —le contestó Ana sin parar de llorar por un segundo. Hoy mismo me voy de la casa si usted así lo decide.

Por lo que Catalina al terminar de escucharla nada más movió la cabeza de un lado a otro, como diciendo que esa no era la solución y que eso tampoco le devolvería a su hijo ni a su sobrina perdidos.

Mientras tanto, Ana el ama de llaves, continuó diciéndole lo siguiente, pues todavía era hora que no entendía como esos chiquillos traviesos habían desaparecido tan fácilmente.

La verdad, es que ninguno de los empleados incluyéndome yo con ellos, nos explicamos cómo sucedió todo realmente, pues nunca los perdimos de vista y ni las cámaras de vigilancia en los jardines ni en las entradas ni salidas del castillo muestran absolutamente nada. Vaya, es como si de pronto se hubieran esfumado o la misma tierra se los hubiera tragado y de verdad le digo que no encontramos ninguna explicación coherente a todo este asunto tan raro y tan extraño.

Catalina solo escuchaba con atención todo lo que su nana y también ama de llaves le decía, palabra por palabra. Y la verdad era imposible que los niños pasaran desapercibidos por todas las cámaras del castillo, cosa que le pareció totalmente intrigante.

—¿Viste algo extraño en ellos últimamente? No sé, algo que nos pudiera dar alguna pista para poder encontrarlos más rápidamente.

—No señora, nada fuera de lo normal, únicamente puedo decirle que pasaban largas horas encerrados en el cuarto del niño o salían al jardín y ahí se perdían y no los volvía a ver hasta horas después y de pronto aparecían de nuevo en sus habitaciones.

Catalina pensativa decidió entonces ir al jardín para ver que estaba sucediendo y para ver si encontraba alguna pista o alguna otra cosa que le ayudara a encontrar a los chiquitines recién desaparecidos. Ya ahí, caminó y caminó por cada centímetro del patio, para ver si encontraba algo en el suelo que pudiera servirle de pista, hasta que llegó a la parte trasera y ahí pudo notar en una de las esquinas que algo en la pared no estaba del todo bien, así que se acercó, entonces un poco más y se puso a observar cuidadosamente la barda, hasta que de pronto notó que las ultimas piedras de abajo se encontraban muy flojas y que no estaban pegadas como las demás junto a ellas, las cuales aunque llenaban el espacio unas a otras, era extraño que estuvieran todas sueltas, así que se sentó en el piso frente a ellas y con los pies empezó a empujarlas hacia el otro lado poco a poco, hasta que cayeron todas y se pudo apreciar un enorme agujero, por el cual asomó la cabeza y observó un camino profundo rodeado de mil árboles y flores que desde ahí se veían espectaculares hasta el fondo.

Catalina que no cabía por el orificio tan pequeño, siguió golpeando fuertemente con los pies hasta hacer más grande el agujero y poder pasar por él. Y cuando lo consiguió, pasó del otro lado y empezó a caminar y a caminar, ya que estaba dispuesta a resolver dicho misterio.

Una vez más caminó y caminó, notando en el suelo un montón de pisadas marcadas en el lodo seco, hasta que llegó al lago Zafiro y estando ahí se paró y observó el lago por un largo tiempo. Y pensó que este todavía seguía siendo muy hermoso. Luego lo observó maravillada unos segundos más y se sentó en la orilla del lago y a su mente llegaron miles de recuerdos que ya se le habían olvidado, ya que ahí fue donde había aprendido a remar y a pescar con su abuelo materno, que ya hacía algunos años que había fallecido por un cáncer de páncreas, dejando a todos muy tristes con su partida; además ahí le había dado el primer beso a su actual esposo cuando todavía eran unos niños y también ahí había hecho miles de travesuras con su hermana cuando habían estado muy pequeñitas hacía ya muchos años atrás, los cuales también por cierto, pensó que habían pasado rápidamente volando. Entonces Catalina se paró de nuevo y decidió seguir caminando un poco más hacia adentro para ver que más podía averiguar, cuando de pronto volteó hacia el suelo y notó un poco movida la alcantarilla, la cual ya había olvidado que ahí se encontraba, después de tanto tiempo y la cual también se encontraba cubierta de algunas ramas y hojas y con algunas cuentas sueltas alrededor de ella quizás de alguna de las pulseras de fantasía de su sobrina que siempre traía puestas. Entonces un poco sorprendida se inclinó a un lado de ella y como pudo usando todas sus fuerzas la quitó y la jaló completamente, aventándola a un lado del camino y se dijo así misma que eso no podía ser posible, pues ese túnel había sido cerrado intencionalmente después de aquel terrible accidente.

—¿No puede ser? ¡Lo descubrieron! ¿Pero cómo pudieron lograrlo? ¡Es casi imposible! —se dijo; pues el lago había sido bardeado de tal manera que ningún niño entrara en él desde la muerte de la pequeña hermanita de las madres de los niños, la cual había muerto ahogada ahí en ese lago, cuando ellas eran apenas unas pequeñas adolecentes. Luego asomó la cabeza cuidadosamente hacia adentro para no caer y observó la escalera de fierro pegada a la pared que llegaba hasta el suelo y fue entonces cuando de pronto se acordó de las muchas veces que se habían escapado su hermana y ella del castillo pero no de ese castillo donde vivía ella ahora, si no del otro donde vivía ahora su hermana, que también había sido propiedad de sus padres y donde había sido más común hacer sus grandes fiestas; entonces permaneciendo todavía perpleja sin poder moverse con la mirada fija sin parpadear; recordó que el castillo tenía un pasadizo secreto por debajo y ambos se conectaban por un subterráneo que cruzaba todo el lago hasta llegar a el otro castillo. Luego se paró inmediatamente angustiada y salió corriendo hacia la casa para que el chofer la llevara a la casa de su hermana y poder así contarle lo que había descubierto en ese momento.

—¡Apresúrese por favor! ¡Rápido! ¡Más rápido! —le dijo al pobre hombre y así lo hizo el chofer volando casi hasta llegar a la casa de su hermana Carolina. Ya ahí, Catalina bajo rápidamente del auto y se dirigió a la recámara de su hermana para contarle acerca del agujero en su jardín y el pasadizo secreto que ambas recorrían casi a diario para escaparse de las aburridas fiestas de sus padres y hacer de las suyas cuando eran todavía pequeñas. Ya dentro de la habitación, mientras Catalina le contaba todo a detalle a su hermana, Carolina que escuchaba muy atenta las palabras de su hermana no lo podía creer todavía.

—Pero, ¿cómo?¿Hace más de cuarenta años de eso? De hecho, si mal no recuerdo, papá una vez ya adultas nos contó que nuestros antepasados lo habían mandado construir para seguridad de la familia, por si alguna vez necesitábamos escondernos o refugiarnos de algún ataque enemigo.

—Tienes toda la razón Catalina, ya había olvidado esa vieja historia que el abuelo nos había contado cuando éramos todavía unas niñas. ¿Recuerdas aquel día que nos descubrió saliendo por una de las paredes?

—¿Pero cómo es que descifraron nuestros hijos las claves de cada una de las combinaciones?

—Es muy fácil, ellos saben todo lo que tú y yo nos hemos querido durante toda la vida y lo inseparables y unidas que somos.

—Tienes razón, además esto, algún día tenía que pasar tarde o temprano, pues casi todos los días los dejábamos completamente solos por asistir a los desfiles de modas de grandes diseñadores y mil eventos más a los que nunca faltamos, por nuestra gran vanidad y egoísmo sin darnos cuenta de todo el daño que les estábamos haciendo al alejarlos completamente de nuestras vidas en lugar de compartir con ellos todas sus aventuras y verlos crecer a nuestro lado día con día.

Larissa que estaba a un lado de la puerta que se encontraba entre abierta, escuchó toda la conversación entre ellas y no podía creer lo que estaba escuchando, así que decidió entrar abruptamente a la habitación, reclamándoles con gran enojo el que nunca le hubieran contado acerca del pasadizo secreto y mucho menos de que había tenido otra tía.

—¿Quieren decir que había un pasadizo secreto por debajo de ambos castillos y ustedes nunca me lo dijeron? ¿Por qué mamá? ¿Acaso no me tienes confianza? ¡Hubiera sido divertidísimo haberme escapado de vez en cuando de ustedes y no verles las caras unas cuantas horas al día! ¡Increíble! —volvió a decirles sumamente molesta.

Ambas madres, al terminar de escucharla, solo voltearon a verla sin saber que decirle a la joven, por lo que Larissa mejor decidió irse todavía un poco indignada, para que discutieran ese asunto ahora descubierto por ellas mismas.

¡Espera hija! ¡No te vayas! ¡Déjame explicarte por favor! —volvió a decirle su madre, pero Larissa no la escuchó y bajó las escaleras rápidamente y se encerró en el cuarto de juegos donde casi nunca entraba nadie ni ella excepto cuando invitaba a sus amigos adolescentes y se ponían a jugar juegos de mesa y maquinitas de monedas entre otras muchas cosas.

Ya ahí, Larissa se sentó en un silloncito que se encontraba a un lado de las mesas de villar y se puso a observar el hermoso arcoíris que alguien había hecho muy colorido y muy alineado por cierto para su gusto y entonces se dijo a si misma que estaba muy lindo y de pronto le recordó al arcoíris que habían visto el otro día que había llovido en el jardín y luego solo se quedó un poco pensativa moviendo una que otra bola para todos lados.

De pronto y como si hubiera visto un fantasma, se levantó dando un enorme brinco del sillón y recordó la historia que les había inventado aquel día de tormenta a los niños cuando sus primos se habían quedado esa vez a dormir en su casa.

—¡Ay no, por favor no Dios mío! ¡Que no se hayan creído todas las mentiras que les conté sobre el pozo de los deseos y como podían llegar al final del arcoíris! —se dijo— por eso me hacían tantas preguntas del arcoíris y como llegar a las montañas y el pronóstico del tiempo! ¡Ay no! ¿Ahora qué voy a hacer?

—¡Mamá! —gritó Larissa desesperada y subió de nuevo a la habitación para contarles todo a su madre y a su tía de aquel día, las cuales todavía seguían discutiendo el tema del pasadizo secreto— ¡Mamá! ¡Ya sé dónde están! ¡Debes creerme! —le dijo.

Por lo que Catalina y Carolina voltearon a verla sorprendidas y mejor decidieron guardar silencio para seguirla escuchando.

—Yo les conté una vez una historia de cómo llegar al final del arcoíris y también les dije que ahí encontrarían al final de este un pozo mágico en el cual tirarían una moneda al fondo y cuando lo hicieran tendrían que beber de su agua mágica para que se les cumplieran sus deseos y no sé cuántas tonterías más les inventé para que me creyeran esa historia, la cual les juré que había pasado hace ya muchísimos años atrás, cuando ellos todavía ni siquiera habían nacido.

—¿Qué? —la interrumpió su madre sin poder entender todo lo que decía— ¿qué estás diciendo? ¿Pero de dónde estás inventado todas estas cosas Larissa? —le dijo su madre y luego volteó a ver a su hermana Catalina sin poder creer todo lo que les decía la imaginativa jovencita.

—¡Mamá por favor, tienes que creerme!

A lo que su madre dudosa le contestó lo siguiente:

—¿Tú crees que podrían haber ido a ese lugar solos, sin comida, y caminando hasta allí con la lluvia cayéndoles sobre sus caras y caminando por ahí todos empapados y ve tú a saber que tantos peligros y cosas malas más les pudieran estar pasando en este momento si es que realmente fueron? No lo creo hija, de verdad, perdóname, pero se me hace imposible y menos en la situación de Mariana.

Por lo que al escucharla Larissa insistió en lo mismo, defendiendo hasta el final su punto de vista y además le dijo que únicamente lo harían si fueran motivados por algo que les fuera a cambiar sus pequeñas vidas, cosa que estaba segura de que así era, pues ese motivo no podría ser otro que la mismísima situación, por la que estaba pasando su pequeña hermanita Mariana.

¡Por Dios, tienes que creerme! ¡Te juro que te estoy diciendo absolutamente toda la verdad! ¡Precisamente por eso estoy segura de que se fueron para poder cumplirle su deseo a mi pequeña hermana enferma!

Carolina no daba crédito a las palabras que escuchaba de su hija, pues le parecía imposible que los niños siendo todavía tan pequeños e indefensos se atrevieran a irse así sin nada y sin saber nada de acampar al aire libre o como desenvolverse en la naturaleza, así que ambas sin dudarlo se levantaron y se dirigieron con sus esposos, dejando ahí sola a Larissa, creyendo que como de costumbre todo lo inventaba y siempre los acusaba por todo y por nada diariamente; así que de inmediato agarraron camino a la comisaria para reportar el extravío de los niños que ya llevaban muchas horas perdidos y ahí se hicieron cargo del asunto.

—¡Ojalá no se arrepientan de no haber ido a buscarlos allá y realmente no les pase algo! —se dijo a sí misma Larissa, indignada por no haber creído nadie en sus palabras. Por otro lado, pasaba un poco del medio día en la comisaria. Y tanto los Huxley como los Winsburg observaron ahí a una mujer que se encontraba en un rincón sentada llorando desconsoladamente, cosa que a Catalina le dio un poco de pena pues curiosamente ella estaba atravesando por la misma situación y nunca se imaginó que el hijo de aquella mujer se encontraba ahora mismo con el suyo.

—¡Pobre mujer! —se dijo.

Entonces se acercaron a preguntar por sus hijos y ver si había alguna noticia de ellos pero nada.

Luego al escucharlos la señora Olson, se levantó y se dirigió inmediatamente hacia ellos y les dijo a estas personas que sus hijos también se encontraban desaparecidos y que quizás hasta podrían estar juntos.

—¡Mis hijos! —les dijo— ¡También ellos están perdidos!

A lo cual todos ahí dentro la observaron sorprendidos mientras la escuchaban y luego guardaron silencio para que la dama siguiera platicando cada uno de los acontecimientos tan extraños que le habían sucedido y que había escuchado de la demás gente.

—Al parecer van todos juntos —les dijo— pues ya son algunas personas entrevistadas las que lo han confirmado y que los vieron hace algunas cuantas horas juntos.

Los familiares al escucharla se encontraban totalmente sorprendidos, pues alguien o más bien muchos parecieron reconocerlos en el pueblo y en la ciudad un día antes por la mañana.

—Al parecer viajan cinco —continuó diciéndoles— y van acompañados de un perrito Poodle y de una niñita en silla de ruedas —les dijo mientras Carolina cerraba sus ojos y apretaba los labios afligida tratando de aguantar que se le salieran las lágrimas de nuevo.

—Nadie sabe con exactitud a donde se dirigen o si alguien se los llevó porque nadie más los ha visto ya por ahí cerca —les dijo a todos y soltó otra vez en llanto mientras Catalina al escucharla la abrazó para consolarla un poco y juntas se sentaron al fondo del pasillo contando lo extraño que se estaban comportando últimamente, mientras sus esposos llenaban lentamente todo el papeleo necesario para ir a buscarlos y darles fotos de cada uno a los policías para agilizar la búsqueda.

Larissa también los acompañó pero no decía ni opinaba nada, únicamente escuchaba y observaba a todos con gran preocupación por su pequeña hermana.

Por otro lado en el bosque, los niños seguían caminando sin parar y ya llevaban unas cuantas horas haciéndolo y Mariana cada vez y conforme pasaba el tiempo lucía peor y peor ya que ahora se veía un poco más hinchada de su cara y de sus brazos y cerraba constantemente sus ojos como si se le estuviera borrando un poco la vista que aunque iba sentada todo el camino aun así no descansaba lo que debía y aunque llevaba su sombrillita en la mano estaba bajo el sol en todo momento. A todos les escurría el sudor por sus caras y su ropa estaba empapada y la humedad era cada vez más insoportable.

—Tengo hambre otra vez —les dijo Mariana a todos con una poca de pena.

Y todos voltearon a verla un poco extrañados, pues unas cuantas semillas y moras no habían sido suficientes para saciar su terrible hambre. En realidad quizás ni siquiera era hambre lo que Mariana sentía, pues ya se encontraba muy cansada del viaje y solo buscaba cualquier pretexto para parase y poder descansar lo más que podía, pues realmente no se empezaba a sentir ya muy bien, conforme pasaban más y más los minutos y también las horas del día.

—No te preocupes Mariana —le contestó Bengi.

—Pararemos unos minutos aquí en el río, en el cual también les voy a enseñar a como pescar y ya lo verán que es divertidísimo. Por lo que todos brincaron de contentos, en especial Bobby, cuando lo escuchó decir todo eso, pues recordó las pocas veces que había ido a pescar con su padre cuando había estado todavía muy pequeño.

Entonces, Bengi sacó de su mochila una pequeña red con una agarradera que había comprado en la tienda del pueblo y se la dio a Bobby por ser el más pequeño de todos.

A Eduardo no le gustó mucho la idea pues él iba a batallar mucho más para poder atrapar un pescado, pero aun así se resignó a hacerlo con las manos como todos los demás y se pararon todos alejados unos de otros a la orilla del río sin hacer siquiera ni un solo ruido.

Mariana los observaba como de costumbre divertida, siempre bajo una sombra de algún árbol muy cerca de la orilla, sentada en su silla de ruedas y ya llevaban unos minutos intentándolo y Eduardo como siempre observaba y estudiaba cuidadosamente los movimientos de Bengi para imitarlo y poder pescar algo.

—¡Lo tengo! —gritó Bengi, completamente emocionado, pues atrapó una pequeña trucha, la cual apenas y la sintió en la mano. La aventó por los aires lejos del río en la tierra para que no se le fuera a escapar de las manos y se metiera de nuevo en el agua, el cual por cierto le pasó zumbando a Mariana, la cual lo observaba fascinada mientras este no paraba de moverse de un lado a otro, como si estuviera suplicando, para que lo devolvieran de nuevo al agua. Megan por más que trataba, se le escapaban por entre los dedos, sin lograr pescar ninguno y por otro lado estaba Eduardo el cual no se movía para nada y se encontraba inclinado solo mirando el río y además tenía casi pegadas las manos al agua viendo pasar y sintiendo el roce de los peces que le pasaban y le pasaban nadando sin parar; entonces sin dudarlo y gracias a su paciencia en un dos por tres atrapó uno y lo aventó de igual manera que lo había hecho Bengi hasta el otro lado en la tierra muy cerca de Mariana.

Ya iban dos y Mariana seguía completamente emocionada cuando de pronto Bobby con su pequeña red también logró pescar uno, pero lo aventó inconscientemente con todo y red hacia Mariana, la cual únicamente lo vio sorprendida dirigirse con todo y red hacia su cabeza. Entonces en milésimas de segundos y ya casi cerca de su cara, Mariana se paró para ver si lo podía atrapar en el aire, pero el pez se salió de la red dándole fuertemente en la cabeza y por esto Mariana cayó sentada sobre su silla de ruedas y además se dio una voltereta completa hacia atrás, raspándose e hiriéndose gravemente con uno de los tornillos que ya estaban sueltos de la silla de ruedas. Al verla de lejos todos salieron corriendo cuando se dio la voltereta y se pusieron a un lado de ella para ayudarla y volver a sentarla en su sillita de ruedas. Luego Eduardo la volteó para arriba pues estaba debajo de su silla y se dio cuenta que Mariana sangraba un poco de un brazo a causa del tornillo suelto en su silla de ruedas. Por lo tanto, Eduardo reaccionó rápidamente y se quitó su playera al ver que la sangre no dejaba de parar y se la puso y se la apretó lo más que pudo en el brazo a su prima para que le detuviera un poco la sangre que le estaba saliendo a chorros.

—No te preocupes Mariana, todo va a salir muy bien —le dijo como siempre Eduardo a su prima, dándole gran seguridad y apoyo cuando más lo necesitaba.

—¡Todo esto es por mi culpa! —les dijo avergonzado Bobby, el cual no paraba de llorar al ver a Mariana lastimada al mismo tiempo que mojaba un poco la playera por la sangre.

—¡Por supuesto que no! —le contestó Megan— ¡Fue un accidente y le pudo haber ocurrido a cualquiera! —les dijo sintiéndose en el fondo un poco avergonzada por lo que acababa de hacer su hermano; luego todos siguieron consternados y preocupados por ella, por un rato, pero aun así, Mariana se portó valiente y no lloró para nada, pues ya estaba acostumbrada a los hospitales, revisiones, inyecciones y cosas demasiado fuertes para una niña tan pequeña como ella.

Ya curada, Eduardo le dio un beso en la mejilla y se pararon todos ya un poco más aliviados al ver que Mariana ya no se quejaba para nada. Y como pudo Bengi, apretó ese desafortunado tornillo suelto y Mariana se sentó de nuevo pero mucho más atrás en un árbol, para seguir observándolos pescar, los cuales lograron pescar otros dos pescados más y los pusieron junto con los demás los cuales ya habían formado un montoncito.

—¿Ahora qué? —dijo Bobby, un poco más tranquilo sin saber qué hacer con esos pescados que seguían retorciéndose ahí en el suelo.

—Bueno pues ¡vamos a cocinarlos! —dijo Bengi, sacando de la mochila un encendedor que había comprado en la tienda y que sabía le iba a servir muchísimo en el bosque.

—Ayúdenme a juntar muchas ramitas de preferencia muy delgaditas —les dijo.

Y las fueron amontonando hasta la orilla del río en la tierra muy lejos de los árboles, pues sabía que podría provocar con esto un gran e imparable incendio. Luego tomó una de las ramas largas y clavó el pescado exactamente en medio y prendió la fogatita y esta empezó a arder de inmediato y luego le pidió a Eduardo que él la sostuviera del otro lado y ambos estuvieron dándole vueltas hasta que luego de un rato el pescado empezó a oler muy bien y todos estaban ansiosos por probarlo.

—¡Mmmmm! ¡Qué bien huele! —dijeron todos y empezaron a cocinar uno por uno hasta que quedaron todos bien cocidos y se enfriaron completamente para comérselos.

—Tengan muchísimo cuidado con las espinas, son muy peligrosas, es mejor comerlos despacio que tragarnos una y ahogarnos —les dijo Bengi, muy precavido.

Todos por más hambre que tuvieron lo obedecieron y comieron con mucho cuidado su pescado. Y Mariana, la cual no era tampoco muy amante del pescado ese día le supo delicioso y se lo comió todo sin dejarle nada de carnita al esqueleto.

—¡Jamás había probado un pescado tan exquisito! —les dijo disfrutando de cada bocado que iba comiendo.

—A mí me hubiera gustado con un poco de limón y sal —agregó Bobby a la plática.

¡No., pues si de eso se tratara a mí me hubiera encantado empanizado y con arroz a un lado! —dijo Eduardo sin más ni más riéndose todos al escucharlo.

Al terminar de comer se apresuraron y recolectaron bastantes moras de los árboles y algunas fresas para más tarde. Y por supuesto Megan que era ya toda una experta, se subió a los árboles y cortó todas las que pudo aventándolas una por una al suelo.

Ya con la mochila llena de nuevo se apresuraron a retomar su camino y como siempre Eduardo empujó la sillita de ruedas de Mariana y Megan lo acompañaba a un lado y en ocasiones se intercambiaban y ella la empujaba o también Bengi.

El caso es que sentían todos que eran un gran equipo y entre todos se ayudaban y apoyaban mutuamente en todo lo que hacían, Mariana de vez en cuando cambiaba su paliacate de la cabeza por el sudor, pues el calor era insoportable y se ponía el otro cambio que había comprado en la tienda para sentirse un poco más limpia y seca. Estos no eran como sus paliacates que eran muy elegantes y femeninos que tenía allá en su casa, eran un poco graciosos, pero le servían de igual manera para cubrir su cabecita calva.

Por otro lado en la comisaría y después de ser llenado todo el papeleo por las familias, los policías acompañaron con sus patrullas a ambas familias a buscarlos por la ciudad y luego lo hicieron también dentro del pueblo.

En el noticiero salió también la desaparición de los niños y hasta se ofrecía una gran recompensa por si alguien sabía algo o por si se tratara de algún secuestro, pero nadie había hablado hasta ahora para pedir dinero.

Carros y patrullas buscaron por la ciudad y el pueblo por horas pero no hubo ni un rastro o alguna pista de los chiquitines por ningún lado, después de eso y tratando de ser ahora más convincente, Larissa de nuevo le hizo saber a su madre que buscaba en el lugar equivocado, pues tenía que buscar camino a las montañas que era el lugar donde ella se había ido de campamento de verano, pues ahí era donde ella les había dicho a los niños que saldría el arcoíris y que ahí encontrarían el dichoso pozo de los deseos.

—¡Tienes que creerme mamá! yo les dije un día que llovió muy fuerte en la casa que iba a salir un día un arcoíris tan grande y que iba a aparecer un pozo de los deseos y que al beber de esa agua sus sueños se les harían realidad, pero nunca pensé que se lo tomarían tan enserio y menos que irían hasta allá ellos solos sin nadie que los acompañara.

—¿Cómo pudiste decirles eso Larissa? ¡Mira todo lo que has ocasionado con esa mentira!

—Además como ya te dije, no los creo capaces de haberse ido solos hasta allá y menos tan ingenuos de haberse creído ese cuento tan absurdo.

—¡Mamá no me digas eso por favor! ¡Por Dios! ¿Cómo iba a saber yo que se lo tomarían tan en serio? —le contestó Larissa con lágrimas en los ojos.

Además era casi imposible que lo pudieran lograr, pues ¿cómo van a caminar tanto? y con Mariana menos, no aguantarían ni siquiera 2 kilómetros y se desmayaría con tanto calor y le podrían dar convulsiones y un montón de cosas más que no quisiera ni imaginarme.

—¡Pero aun así estoy segura que si lo hicieron, vamos para allá por favor!

—¡Ay ya Larissa! ¡Ya no me digas absolutamente nada por favor! ¡Ya me pusiste más los nervios de punta de cómo estaba antes! Y se sentó en un sofá a llorar desconsoladamente.

Por fin llegaron los policías y todos por separado fueron a buscarlos, a ver quién tendría más suerte de encontrarlos, pero nomás nada y tampoco en las calles de la ciudad nadie sabía nada, así que Larissa le habló a algunos de sus compañeros del colegio, a los cuales les había hablado para que se juntaran allí y la ayudaran. Pegaron fotos de Mariana y su primo por si alguien los llegaba a reconocer pero todo fue inútil, luego de perder un par de horas ahí se dirigieron en el auto a el pueblo y se bajaron a preguntar a la gente pero nadie sabía nada, entonces empezaron a pegar volantes y fotos de los niños y sorpresivamente una persona los reconoció y se acercó a ellos y les dijo lo siguiente:

—¡Yo conozco a estos niños! Ayer estaban aquí en la fuente y por cierto uno de ellos ganó una apuesta para ver quien tiraba más latas con su resortera.

—¿Ayer? ¡Pues sí ya pasó muchísimo tiempo! ¡Mmmmm! ¡Qué interesante! —contestó Catalina.

—Que yo sepa, ni Eduardo, ni Mariana, juegan con resorteras pero permítame preguntarle otra cosa por favor… ¿De casualidad no los acompañaba una pequeñita con paliacate enredado en la cabeza que iba seguramente jalada por alguien en su silla de ruedas?

—¡Sí señora! ¡Así es!, y venían con ella otros tres niños más o menos de la misma edad que ella.

—¡Dígame por favor! la niña con paliacate ¿cómo se veía! —le gritó Carolina, agitando al pobre hombre de un lado a otro tratando de obtener una respuesta inmediata.

—¡Ya mamá, déjalo en paz! —intervino Larissa al ver como hostigaba al señor y lo sacudía para todos lados.

—No señora, no sé nada, ni siquiera sé a dónde se fueron, pero la pequeñita que menciona, ella se veía completamente bien ayer —les dijo.

—Discúlpeme por favor y gracias —le contestó avergonzada la dama, dejando ir al pobre hombre otra vez por su camino.

Luego, Carolina respiró un poco al saber que Mariana se encontraba bien ayer, sin ni siquiera imaginarse lo mal que se empezaba a sentir hoy su pequeña y bondadosa hijita; luego perdieron unas cuantas horas más buscando en el pueblo y tocando en cada casa para saber el paradero de todos los niños pero nada; tenía razón, el ama de llaves era como si se los hubiera tragado la tierra.

Al ver ambas hermanas que los niños no aparecían por ningún lado, Carolina decidió hacerle caso a su hija y salieron del pueblo para aventurarse e ir camino al bosque.

Para esto, los niños ya les llevaban gran ventaja; pues habían caminado bastante por horas y horas. Y sin embargo en el bosque, por todos lados, el aire soplaba más y más fuerte que de costumbre y lucía completamente nublado como si estuviera a punto de caer una gran tormenta.

De pronto Bengi encontró una balsa a la orilla del río y se acercaron para verla y todos gritaron emocionados, pues ansiaban subirse en ella ya que pocos habían experimentado tener esa grata experiencia.

—¡Guauuu! ¿De quién será? —dijo Eduardo.

—Quién sabe, pero no se ve nadie cerca. Dijo Bengi desamarrándola de la cuerda de un árbol que se encontraba a lado de esta.

—¡Vamos, vengan, suban todos! Así llegaremos más rápido hasta la orilla de las montañas y luego ya caminaremos un poco y ahí acamparemos hasta esperar la tormenta.

—¡Sí, vamos! —dijeron todos— ¡Así llegaremos mucho más rápido!

Y así lo hicieron, se subieron y el mismo río acompañado de la brisa fuerte los fue llevando más y más cerca de las montañas mientras Bengi y Eduardo remaban y remaban sin parar; así estuvieron flotando por un largo tiempo con todo y Party arriba de ellos, moviéndose de un lado a otro cuando de pronto en una de esas con lo agitado del río y con la velocidad de la balsa, salió volando el perrito moviendo sus patitas, para todos lados y cayó de repente al agua.

—¡Party! —gritaron todos espantados, mientras el pobre perrito nadaba y nadaba para ver si podía alcanzarlos y llegar rápido con ellos, pero no pudo. La corriente estaba muy fuerte y no podía hacerlo por sí solo, así que inmediatamente Eduardo se acercó a la orilla con gran esfuerzo y le pidió a Bengi que agarrara fuertemente sus piernas para poder agarrar a Party, el cual Bengi lo sostuvo, pero estaba muy fuerte la corriente, así que Eduardo también cayó al agua y todos gritaron asustados. Sin embargo, eso ayudó a que pudiera alcanzar a su perrito y luego lo atrapó y no lo soltó para nada.

Afortunadamente, Eduardo era un gran nadador gracias a las clases particulares de natación que tomaba tres veces a la semana en su casa. Así que agarró al perro del lomo y Bengi le pasó uno de los remos que se encontraban en la orilla y se lo acercó lo más que pudo para que se agarrara de él y así pudiera llegar hasta ellos; entonces cuando Eduardo ya se encontraba lo suficientemente cerca aventó al perrito para que cayera hacia adentro y entonces entre Megan, Bobby y Bengi jalaron a Eduardo con todas sus fuerzas hasta que se sostuvo de la balsa, luego después como pudo logró entrar en ella con gran esfuerzo y ya dentro trató de tomar un poco de aliento y recobrar unas pocas de fuerzas que había perdido nadando desesperadamente en el agua.

Después cuando por fin llegaron a la orilla y todos se bajaron de la balsa, inmediatamente Bobby se alejó para vomitar cerca de un arbusto y por otro lado Eduardo se recostó sin moverse para nada en el piso junto con Megan y Bengi. Y luego volteó de reojo para ver a Mariana que todavía se encontraba parada, pero para él al observarla algo no andaba completamente bien con ella, pues se encontraba con la mirada perdida y además estaba completamente pálida, entonces Eduardo notó que Mariana estaba a punto de desmayarse, así que rápidamente se paró a su lado a atraparla en el momento en que Mariana estuvo a punto de caer al suelo. Luego, Eduardo se percató que la camiseta que le había amarrado a Mariana en el brazo estaba completamente empapada de sangre y recordó que cuando Mariana se raspaba y se hacía una herida esta tardaba en cerrarse un buen tiempo, pues no coagulaba rápidamente como las demás personas.

—¡Mariana, Mariana! ¿Te encuentras bien? —le preguntó una y repetidas veces, pero justamente al terminar de decir esas palabras Mariana empezó a convulsionar delante de todos asustándolos una vez más sin poder hacer nada nadie.

—¡No! ¡Mariana por favor! ¡No te vayas a morir todavía! ¡Aguanta por favor que ya casi llegamos! Le dijo Eduardo, sosteniéndola entre sus brazos, mientras todos lloraban a un lado de ella desconsolados pensando que ya se estaba muriendo. En ese momento, Eduardo se levantó y la puso delicadamente sobre el suelo y dio unos cuantos pasos enfrente levantando su mano derecha mirando hacia al cielo como si quisiera hablar con Dios y eso fue justamente lo que hizo.

—¡No! ¡Oíste Dios! ¡No te la vas a llevar todavía! ¿Me oíste? —gritó Eduardo con todas sus fuerzas, completamente enojado con lágrimas en sus ojos, luego se tiró al suelo y empezó a golpear con sus puños la tierra y Megan lo alcanzó de nuevo y lo hizo levantarse para abrazarlo inmediatamente como hacía su madre para calmarlos en un momento de furia.

—Respira, respira profundamente Eduardo —le dijo la niña una vez más a su pequeño amigo y así lo hizo el chico varias veces hasta que logró calmarse por completo mientras ella lo mantuvo abrazado sobando su espalda por un par de minutos, hasta que el niño logró calmarse de nuevo.

—¿Recuerdas que te había dicho antes que hicieras? Cuando sientas que vas a explotar o estas muy enojado por algo, recuerda debes respirar profundamente varias veces o alejarte un poco hasta que estés más calmado, ya te lo había dicho antes, te puedes lastimar o lastimar a alguien.

De pronto y como por obra de magia, Mariana comenzó a moverse de nuevo y las convulsiones habían pasado afortunadamente.

—¡Mariana! —gritaron todos y se acercaron con ella riendo y limpiándose las lágrimas que todavía tenían en sus caras.

Mariana obviamente no se veía nada bien, pero todavía y con gran admiración de parte de todos sacaba fuerzas de donde podía y se volvía a levantar de nuevo con una gran sonrisa.

—No se preocupen por mí, todavía no me voy a morir, me lo dijo mi abuelita ayer en un sueño.

Todos una vez más la escucharon sorprendidos por lo que estaba diciendo, pero lo que más admiraba a todos es que Mariana nunca jamás se rendía y siempre, pasara lo que pasara, mostraba una preciosa y contagiosa sonrisa al mundo.

¡Mariana, eres increíble! —le dijo Megan con gran admiración y le dio un beso en la mejilla para animarla.

Enseguida y como pudo, Mariana se levantó muy lentamente y caminó unos cuantos pasos torpemente hacia la sillita con la vista un poco borrosa y tropezó con una que otra piedrecilla hasta que al fin se sentó en su sillita.

Eduardo se acercó a la orilla del río y lavó lo mejor que pudo la playera que escurría de sangre y Mariana le prestó el otro paliacate que llevaba de repuesto y Eduardo se lo puso notando que la herida de Mariana no se veía para nada bien, luego puso la playera mojada amarrada a la mochila para que se fuera secando naturalmente con el aire, el cual avisaba que ya próximamente se avecinaba ahora sí la gran tormenta.

Eduardo ya tenía su espalda completamente roja por el sol, que aunque no se asomaba más que ocasionalmente por las nubes, traspasaba sus rayos y poco a poco los iba quemando a todos; la espalda de igual manera le dolía muchísimo pero no decía ninguna palabra para darle valor a su queridísima prima Mariana, pues sentía que lo de él, aparte de las ampollas reventadas, no era nada, absolutamente nada en comparación a la enfermedad de su querida prima Mariana.

De nuevo sacaron y ya con mucha hambre casi lo último que tenían en la mochila, pues todavía les quedaba un paquete de salchichas que el oso no había encontrado ese día, pues estaba muy bien escondido en una de los zippers de adentro y lo tenían guardado para más adelante, entonces, se repartieron en partes iguales las moras y las nueces y una que otra fresa que habían cortado y ya todos lucían muy delgados y era notorio que ya habían perdido uno que otro kilo con las caminatas intensas y lo raquítico de las comidas pero aun así seguían todos adelante, todos por el pacto con Mariana.

Ya empezaba a obscurecer de nuevo muy rápido, pero aun así todos decidieron seguir adelante y caminaron un poco más hacia adelante en donde se podían ver las montañas aún más cerca que antes y si seguían así a ese ritmo quizás por la mañana o a medio día podrían llegar hasta debajo de ellas, ignorando también que ahí se encontraba el campamento de verano, al cual había asistido Larissa y también donde se encontraba ahora Luis Felipe, desde hacía unos cuantos días y que se llevaba a cabo cada año sin falta.

A ese campamento asistían jóvenes de todas partes del mundo y duraba todo el verano pues tenía como única finalidad socializar unos con otros y hacer nuevas amistades, pero sobre todo valorar el estar fuera de casa con todas las comodidades cotidianas y fomentar también la seguridad e independencia en ellos entre muchas cosas más que les servirían y entonces los niños siguieron caminando por un buen rato más y ya casi no platicaban ni reían, solo caminaban y caminaban ya sin pensar, pues de pronto se le empezó a quitar lo divertido al viaje pues era como si fueran imanes humanos en donde una fuerza no muy lejos de ellos los atrajera para poder juntarse con eso de nuevo.

Por otro lado siguiendo todavía en la ciudad, carros y patrullas buscaban sin cesar por todos lados para descartar la posibilidad de que los niños hubieran sido secuestrados y gracias a Dios ya contaban con varias pistas, pues el anciano al que le habían robado la cartera, declaró en la comisaría como es que Bengi le había robado y luego lo había visto correr para juntarse con los demás niños del otro lado de la calle. El dueño de la tienda de abarrotes también declaró haberlos visto y mencionó incluso las cosas que habían llevado de su tienda, seguramente para llevarlas al bosque. Y su declaración confirmaba aún más lo que había dicho Larissa que todos iban rumbo a las montañas gemelas.

El jovencito que había competido con Megan también la reconoció y se dio cuenta que había competido con una niña y no con un niño como él había pensado desde un principio.

¡Guauuu! —exclamó al darse cuenta que la chiquitilla realmente tenía agallas por haberse enfrentado a un niño mucho mayor que ella.

Ya no había ninguna duda, los niños se dirigían todos rumbo a las montañas y al parecer iban hacia el campamento donde había estado antes Larissa y en donde ahora se encontraba Luis Felipe, así que con un médico que los acompañaba, una ambulancia, policías y patrullas todos se dirigieron rumbo a las montañas por carretera, pero tenían que cruzar primero por la ciudad y después por el pueblo ya que era imposible hacerlo por en medio del bosque, pues los caminos eran algunos muy estrechos, contrario a los niños que se habían ido por dentro haciendo su recorrido mucho más corto y rápido a diferencia de ellos.

Ya obscurecía y sin embargo ambas hermanas viajaban juntas en el mismo auto con la esperanza de encontrar pronto a los niños, en especial a Mariana; esperaban poder encontrarla todavía con vida.

Mientras tanto, Larissa que se encontraba sentada en la parte de atrás del auto miraba por la ventana solo la sombra de los árboles que se volvían más obscuras con el cielo nublado, ya que la luna se encontraba oculta y no dejaba pasar ni un poco de su luz nocturna, así que un poco melancólica se puso a recordar el día en que había nacido su hermanita pequeña, la cual era por cierto casi ocho años menor que ella; luego recordó el día en que la había visto por primera vez en el hospital acompañada de su padre y como le había apretado el dedo índice con sus deditos pequeños. También recordó, la primera vez que la bañaron en su tinita y también cuando dio sus primeros pasitos o algunas veces que se sentaron juntas en la estancia a ver películas infantiles comiendo un tazón lleno de palomitas con mantequilla y queso.

De igual manera, recordó cuando todavía jugaban juntas a las muñecas y cuando las sentaban en las sillas cada una bebiendo su propia taza de té en la mano.

—Mi hermanita querida, como te extraño. Ojalá muy pronto te vuelva a ver —se dijo a sí misma Larissa, mientras se secaba una de sus muchas lágrimas que no dejaban de correrle por la cara, dejando empapada ya la sudadera que llevaba puesta por todas las veces que se secaba y se secaba con las mangas en ella.

De igual manera Larissa recordó que cuando habían estado un poco más grandes, sus padres empezaron a tener mil compromisos sociales y fue cuando empezaron a dejarlas más tiempo solas al cuidado de los sirvientes, siempre sin importarles siquiera la enfermedad de Mariana, que había comenzado hacía apenas un par de años atrás y los cuales habían pasado completamente rápido.

Era un hecho que Larissa siempre se había sentido rezagada por Mariana, pues desde que su hermana menor había nacido, toda la atención había sido nada más para ella, de ahí en adelante e incluso su abuelita materna cuando la vio por primera vez, tuvo una gran conexión con la bebita exclamando sin disimular su completa alegría diciéndole lo siguiente a todo el mundo.

—Hoy ha nacido en este gran día, la que será en un futuro la verdadera soberana de este país y la que le traerá gran prosperidad y mucha dicha pero sobre todo gran fortuna a todos.

Desafortunadamente, cuando apenas había comenzado la enfermedad de Mariana, su abuelita falleció de un infarto fulminante y no pudo acompañarla todos esos difíciles momentos para brindarle todo su cariño pero sobre todo su gran apoyo, eso por supuesto afectó mucho a Mariana desde un principio pues siempre había estado muy apegada a ella, ya que su abuelita siempre había estado cada momento de su vida a su lado e incluso algunas ocasiones habían dormido juntas y pasaron largas horas platicando haciéndose bromas una a la otra.

Ella sabía que su nietecita era una niña muy especial y muy sensible a lo que pasaba siempre a su alrededor, pues siempre le decía que era un angelito que se había caído del cielo aquí a la tierra por casualidad y que Dios se la había mandado para que cuidara siempre de ella.

El día que la abuelita de ambas murió, para sorpresa de todos, Mariana no lloró y dijo que su abuelita antes de morir le había dicho que siempre la iba a cuidar aun y cuando fuera un ángel e iba a venir a visitarla muy a menudo para que no se sintiera nunca sola y así lo hizo, pues Mariana llegó a comentar repetidas veces, haber soñado y haber platicado con ella, cosa que nunca jamás nadie le creyó, pero tampoco eso le importó mucho a la niña que digamos, pues ella lo sabía y eso le bastaba.

Después de recordar Larissa todos esos bellos momentos que había pasado con su hermanita pequeña, dentro del auto se escuchó un gran silencio por un gran rato mientras se dirigían todos al campamento de verano que estaba todavía muy retirado de ahí y mejor optaron en guardar silencio hasta lo que restara del impredecible camino.

Siguiendo en el bosque pasaron quizás un par de horas más y los niños ya no podían dar ni un paso más pues estaban sumamente agotados y ahora sí se encontraban completamente adentro en el corazón del bosque. Y el cielo y el camino de igual manera estaban completamente obscuros, ya que la luna se encontraba totalmente cubierta de nubes y no se podía ver casi nada alrededor de todos ellos.

De nuevo se sentaron un rato y voltearon a todos lados para ver si habría algún lugarcito donde pudieran descansar toda la noche y no vieron nada, así que se arrimaron a uno de los enormes árboles para ver si así todos juntitos se podían dar algo de calorcito entre ellos.

—Tendrá que ser aquí debajo de este árbol —comentó Bengi, pues no se veía nada a su alrededor como una cuevita o algo que los resguardara de la lluvia que se veía venir y del viento que soplaba cada vez más fuerte.

Mariana se quitó de nuevo el paliacate y lo aventó a un lado, pues ya se encontraba de nuevo empapado de sangre y le pidió a Eduardo que le pusiera de nuevo la playera que ya se encontraba seca y la cual se encontraba amarrada a su mochila.

Eduardo dio unas cuantas vueltas a la playera y amarró un pequeño nudo, no muy fuerte, para no lastimar a su prima. Entonces ya todos juntos y sentados en el suelo sacaron la última ración de comida que les quedaba y era justamente el otro paquete de salchichas que el oso gracias al cielo no había descubierto adentro de la mochila. Qué glorioso momento aquel, pues todos morían de hambre y siendo entonces diez las salchichas del paquete, les tocaron dos a cada uno y empezaron a comer disfrutando cada bocado profundamente.

Sin embargo el que lucía más hambriento de todos era Bobby, que ni siquiera masticaba la comida si no que solo la tragaba en grandes pedazos, haciendo extraños sonidos como si fuera un muerto de hambre. Todos volteaban a verlo, pues temían que se fuera a ahogar y hasta parece que lo intuyeron, pues en cuestión de segundos de pronto no pudo hablar y por más que trataba y trataba de respirar se empezó a poner morado y todos se empezaron a asustar sin saber qué hacer en ese momento tan angustiante.

—¡Bobby! ¿Qué tienes? —se acercó su hermana gritando desesperada, al ver que el niño no reaccionaba y Eduardo y Bengi por otro lado, los cuales eran mucho más altos que él lo colgaron piernas arriba sosteniendo una pierna cada uno, mientras Megan le pegaba en la espalda y de pronto un trozo de salchicha salió volando de la boca del niño a unos cuantos pasos de ellos, hasta caer al suelo y luego dejaron caer al piso a Bobby el cual pesaba mucho y este empezó a respirar y a llorar afortunadamente.

—¡Creí que me iba a morir!

—¡Aaaaah! —empezó a llorar Bobby y Megan se acercó y lo abrazó para tranquilizarlo, como siempre lo hacía con todos.

—Ya pasó, no llores —le dijo—que esto te sirva de lección para que comas más despacio de ahora en adelante, siempre te andas ahogando por comer rápidamente.

De pronto, al terminar de hablar la niña, se escuchó un ruido entre los árboles y todos se quedaron callados y este era un pequeño lobo que se había acercado de lado donde se encontraba Mariana, sintiéndose atraído por el olor de la sangre del paliacate y las salchichas que estaban comiendo todos.

El lobo únicamente mostro sus dientes para hacerse notar, pero ninguno dijo ni una sola palabra, ni se movió y el lobo cachorro se calmó al verlos a todos tranquilos sin moverse para nada. Sin embargo, Mariana al verlo ahí parado cerca de ella le empezó a tirar pequeños trocitos de su salchicha acercándose este un poco más hasta que se lo terminó todo.

De verdad que Mariana era una niña muy especial, pues siempre le pasaban cosas extrañas a diferencia de los otros niños de su edad, ya que hasta los animales más salvajes la querían de inmediato y sentían gran confianza inmediatamente hacia ella.

Entonces Mariana al ver que se había terminado el lobito la salchicha, le comenzó a hablar en un tono muy suave para que se calmara y viera que ninguno le iba a hacer daño.

—Ven, anda acércate, no tengas miedo. Le dijo la niña al animalito al ver que este era completamente indefenso.

—Oye Mariana —le dijo Eduardo un poco nervioso.

—Creo que no es muy buena idea lo que le estas diciendo a tu nuevo amigo, así que mejor déjalo ir ¿sí?

Entonces el lobo volteó a verlo mientras Eduardo hablaba y hablaba y mejor el niño optó por quedarse callado tragando solo un poco de su saliva. Mientras tanto, Megan sostenía muy fuertemente a Party apretándole el hocico el cual se moría de ganas de ladrarle al lobo, pues temía que se le fuera a escapar y se peleara ganándole el lobo muy fácilmente al cachorrito. De pronto y sin esperárselo, un segundo lobo llegó pero este si era un lobo adulto, el cual sintiéndose atraído también por la sangre de Mariana ahora sí y sin dudarlo, todos se pararon inmediatamente y se echaron a correr y a gritar alejándose de ahí lo más que pudieron, sin embargo, el primer lobo cachorro salió a la defensa de los niños y se le dejó ir mordiéndolo y peleándose mutuamente para salvar a Mariana, pero desgraciadamente Party logró zafarse de los brazos de Megan y también interfirió para defender a los niños de los lobos, los cuales lograron subirse a un árbol muy alto cerca de ahí, de donde veían como Party lograba distraer a los lobos y alejarlos lo más que podía del lugar, lo cual hizo con gran éxito en unos cuantos segundos. De pronto no muy lejos se escuchó un gran chillido de Party y luego se escuchó un gran silencio como si hasta ahí hubiera llegado el perrito en el camino.

—¡Ay no! —dijo Eduardo tristemente— ¡Mi perrito! ¡Seguramente ya lo mataron!

Y con una mueca de profunda tristeza, esperó a ver qué es lo que sucedía y luego aguardaron ahí arriba unos cuanto minutos más, pero nada, no se escuchó nada, más hasta que de pronto, vieron salir de entre los árboles a Party cojeando de una patita y quejándose por el dolor que tenía pero aún se encontraba vivo.

—¡Party! —gritó Eduardo emocionadísimo y bajó inmediatamente del árbol y lo cargó dándole mil besos en su cabecita y el perrito de igual manera le correspondió lamiendo su cara por todos lados.

Todos estaban muy contentos, pues nadie podía creer que Party estuviera vivo y Mariana lo cargó y lo puso sobre sus piernas de nuevo y además lo curó vendándolo con el otro de sus paliacates que traía de repuesto. Después y aunque todos se encontraban agotadísimos siguieron caminando unos minutos más para alejarse de los lobos en caso de que quisieran regresar de nuevo. Y de pronto y sin pedirle permiso a nadie, Bobby se tiró al suelo y les dijo a todos que el ya no seguiría pues se encontraba sumamente cansado.

—Yo aquí me quedo. Quédense conmigo o váyanse, a mí ya me da igual, la verdad es que yo ya no puedo más y menos con tantos sustos estoy muy pero muy cansado chicos.

A lo cual todos al escucharlo lo siguieron y se acurrucaron a un lado de él, pues ya no podían más y entonces se fueron acomodando uno pegado al otro y en cuestión de segundos todos cerraron sus ojos y se quedaron profundamente dormidos.

Por otra parte, la familia de los niños también se había parado a descansar en unas cabañas no muy lejos del campamento solo a unas cuantas horas de ahí pero al igual que los niños se encontraban agotadísimos por el viaje, el cambio de horario, la búsqueda interminable en el pueblo y la ciudad, pero aun así se sentaron todos juntos en la mesa e hicieron un intento por probar algo de alimento y poder platicar aunque fuera todos por un rato.

—Mi niña —comentó la madre de Mariana, ¿cómo la estará pasando en este preciso momento? He sido la peor de las madres.

La dejé sola muchísimo tiempo pensando que se encontraba perfectamente atendida por las enfermeras y sirvientes mientras yo me la pasé viajando y en mil eventos estúpidos mientras mi pequeñita más me necesitaba.

Así siguió reclamándose una y otra vez Carolina, mientras todos los demás la escuchaban pensativos, pues no había sido la única en cometer tantos errores en su vida.

Por fin terminaron de comer un poco y se dirigieron a sus habitaciones a descansar para poder levantarse muy temprano y seguir con la búsqueda al día siguiente por la mañana. Las horas pasaron volando y mientras por un lado los adultos dormían cómodamente en camas suaves y calientitas, por el otro, los pequeños se acurrucaban unos a otros para hacerse un poquito de calor espantando los mosquitos que se les paraban cada segundo y no les permitían dormir con tranquilidad ahí en medio del bosque.

El aire seguía soplando cada vez más fuerte y los niños titiritaban sin poder conciliar siquiera ni un poco de sueño y el cielo se ponía cada vez más obscuro conforme pasaban las horas y rayos que se escuchaban caer por ahí cerca. Únicamente los animales nocturnos se encontraban por ahí haciéndoles compañía y un búho observaba desde arriba de un árbol a los pequeños tirados en el suelo, los cuales no dejaban de moverse ni siquiera ni por un segundo, por lo incómodos que se sentían todos. Las luciérnagas iluminaban un poco la obscura noche, paseándose de un lado a otro sin parar y las ranas y los grillos cantaban, tal cual como si fuera una gran orquesta. Y el río sonaba salvaje, estrellándose sobre las rocas y salpicando como nunca jamás antes se había visto, pues con las lluvias tan frecuentes últimamente, faltaba ya poco para sufrir un gran desbordamiento.

Afortunadamente, pasadas unas cuantas horas más todo se volvió calma y el cielo estaba completamente cerrado, pues ya se aproximaba la gran tormenta, aun así, todo estaba completamente tranquilo, pues parecía como si todos los animales del bosque se hubieran escondido y se hubieran ido también a descansar, junto con los pequeños niños. Todo se volvió paz y así pasaron las horas, hasta que por fin llegó la mañana, la cual todavía con el cielo completamente cerrado, pero ya con la luz matutina que de nuevo lo aluzaba. Todos los niños empezaron a despertarse, uno por uno con un gran bostezo, alzando sus manos para estirarse lo más que podían, pues todos los huesos del cuerpo les dolían, por lo incómodo del suelo tan duro y además por tanto frío.

El primero en despertarse fue Bobby seguido de Megan y después fue Bengi y por último fue Eduardo, sin embargo la única que no se movía para nada era Mariana y todos comenzaron a preocuparse de nuevo, pues Mariana no hacía caso a ninguno de los gritos de los niños los cuales no dejaban de hablarle. Entonces todos se acercaron y se le quedaron viendo y Mariana solo se veía tan frágil y a la vez tan indefensa y sus ojitos no se movían para nada y apenas se notaba que respiraba. Su piel lucía más pálida que de costumbre y sus labios completamente secos como si ya estuviera desafortunadamente muerta.

—¡Mariana! —le gritó Eduardo como de costumbre, siendo el primero en acercarse.

—¡Despierta! ¡Despierta! —le decía con insistencia, moviéndola suavemente para que reaccionara, pero la niña no respondía a ninguna de las palabras de su primo.

—¡Nooooo! —gritó Eduardo con todas sus fuerzas, por lo ocurrido, mientras sostenía a su prima entre sus brazos, a lo cual Megan al observar a Eduardo tan desesperado se acercó a ellos y tocó el pulso de Mariana en su brazo para cerciorarse de que estuviera todavía con vida.

—¡Está viva! ¡Mariana está viva Eduardo! —le dijo, el cual al escucharla su rostro cambió por completo, sintiendo un poco de esperanza dentro de su alma y después con ayuda de Bengi la cargaron y la subieron a su sillita ya destartalada pero todavía funcionando.

—¡Vamos! —les dijo.

—¡Apurémonos todos!

— ¡Quizás todavía podemos llegar a tiempo y salvar a nuestra querida Mariana!

Sin saberlo, el campamento ya se encontraba a solo dos horas de ahí, así que tomaron las pocas cosas que llevaban y se pusieron de inmediato en marcha. La cabecita de Mariana le colgaba de la silla y solo se le movía de un lado a otro mientras Eduardo la miraba con descontento y aceleraba cada vez más el paso, pues temía que su prima no fuera a llegar a tiempo al pozo que ellos suponían estaba encantado.

El aire soplaba muy fuerte y apenas se podía apreciar el camino entre las hojas y pequeñas ramitas que volaban pasándoles por la cabeza y el cuerpo y de pronto observaron un señalamiento que decía «Campamento de Verano a unos 8 kilómetros», cosa que los puso completamente emocionados.

—¡Miren! —grito Bengi sumamente contento—, vamos a llegar ahí y quizás encontremos un doctor para que pueda ver a Mariana.

—¡Si apresurémonos todos! —dijo de nuevo Eduardo caminando cada vez más y más deprisa siguiéndolo todos por detrás acelerando aún más el paso.

Por otro lado, ya muy cerca venían en camino las dos familias manejando lo más rápido posible, botando por todos lados dentro del auto por lo desigual del sendero en unas partes. De pronto y por ir a gran velocidad, una llanta del auto se ponchó y el chofer a duras penas pudo controlar el auto para no estrellarse con uno de los tantísimos arboles por los que estaban pasando.

—¡Ay no Dios mío! —gritó el padre de Mariana—. ¡Nada más esto nos faltaba! ¡Nunca podremos llegar a tiempo a ese campamento de verano!

—¡Sí que podremos! —dijo Catalina entusiasmada— ¡Si es necesario correr, correremos! ¡Si es necesario volar, volaremos! ¿Me oyeron todos? ¡Sí llegaremos!

—Sí tía, claro que sí. ¡Así se habla! —contestó Larissa con mucho más ánimo y se bajaron todos rápidamente del auto siguiendo el sendero marcado para llegar hasta el campamento.

Ya había pasado casi una hora y las hermanas junto con Larissa estaban agotadas de caminar tan deprisa y ya no aguantaban ni siquiera la respiración pues se sentían completamente exhaustas.

—¡Ay Dios mío no tengo nada de condición! —dijo una de ellas.

—¡Ni yo tampoco! —le contestó la otra hermana—, jamás en la vida he hecho nada de ejercicio.

Y siguió caminando con sus zapatos carísimos de marca Christian Louboutin, los cuales en todo ese tiempo de estar usándolos ya se encontraban rayados y maltratados por todos lados.

—Ya lo único que nos falta es que nos empiece a llover aquí en medio de la nada, rodeados de puros animales salvajes y quien sabe que cosas más —contestó Larissa como siempre quejumbrosa.

Y como si sus palabras hubieran sido escuchadas por el mismísimo bosque, el mismo oso gordo y grandulón que les había salido con anterioridad a los niños apareció de pronto como si nada en medio del camino asustándolos y pegando al mismo tiempo todos unos grandes alaridos.

Los ojos enormes de las hermanas se abrieron aún más al ver a tan gigantesco monstruo ahí parado y el oso se paró gruñendo moviendo sus patas gigantes y peludas para todos lados.

—¡Aaaaah! —salieron corriendo y gritando las hermanas de lado contrario al oso, mientras a una se le salió el zapato y cayó rodando por el suelo, la otra también se tropezó, cayéndole encima a la otra. Lo que no sabía nadie es que ese oso era totalmente indefenso, de hecho se aparecía muy a menudo en el campamento y nunca jamás se había escuchado que hubiera herido o lastimado a nadie. Solo se aparecía para que todo mundo le diera algo de comida y de hecho era un oso muy tranquilo.

Al ver uno de los padres que el oso se acercaba a su cuñada y a su esposa, se quitó inmediatamente la mochila que llevaba en la espalda y se la aventó lo más cerca posible para poder distraerlo un poco, pues había tenido la precaución de haber metido algunas provisiones a la bolsa por si llegaban a necesitarlas.

Mientras el oso trataba de abrir la bolsa con el hocico, como pudieron los esposos levantaron del suelo a sus respectivas esposas y salieron corriendo detrás de Larissa, que ya les llevaba gran ventaja y que por nada del mundo se había quedado a ayudarlos para que se la comiera el oso. Así siguieron corriendo quizás por un kilómetro más sin parar, hasta que voltearon de nuevo por detrás para ver si ya habían perdido por completo al animal y ya unos minutos más delante siguieron con el recorrido mientras que el cielo empezó a retumbar como muy pocas veces antes se había escuchado, de pronto una lluvia intensa y muy fuerte empezó a caer sobre sus cabezas y entonces ahora sí, empezaron a sentir todos muchísimo miedo al estar ahí, ya en medio del bosque completamente desprotegidos.

Los rayos se escuchaban muy cerca de ellos temiendo todos que les fuera a caer uno encima y todas las mujeres comenzaron a gritar tapándose los oídos cada vez que se escuchaban tan cerca los rayos y todos seguían caminando hacia adelante, pero aun y con la luz de la mañana no se podía apreciar nada debido a lo intenso de la lluvia, que hasta parecía que de alguna manera los estaba castigando por todas sus culpas de todos estos años perdidos con sus hijos. Sin embargo, los niños, los cuales se encontraban ya muy cerca de sus padres la estaban pasando exactamente igual y no podían ver tampoco casi nada en el camino.

—¡No veo absolutamente nada! —le gritó Megan a los demás, pues era ahora ella la que iba hasta adelante, lo peor es que no había nada a su alrededor donde poder resguardarse y proteger a Mariana de la imparable lluvia que le caía a chorros en su pequeño y ya muy débil cuerpecito y aun así siguieron caminando como podían haciendo una fila y agarrándose como podían uno del otro, siguiéndole Megan y Bobby y yendo hasta atrás Eduardo empujando como podía la sillita de Mariana.

Cada minuto que pasaba parecía una eternidad y esto parecía que nunca iba a terminar, después, pasada una hora aproximadamente y como por obra de magia, de pronto la lluvia se paró por completo y a lo lejos ya se podía apreciar el campamento y Mariana se veía ahora sí completamente mal por lo que estaban casi seguros que Mariana estaba ya casi muerta. Eduardo, que se encontraba detrás de ella mientras la empujaba, se inclinó para darle un besito en la frente y le dijo unas palabras de consuelo y de aliento como esperando que Mariana pudiera escucharlo todavía y se reanimara.

—¡Todo estará bien princesita, ya lo verás, aguanta Mariana únicamente aguanta!

—¡Miren! —dijo Megan emocionada señalando hacia enfrente–. ¡Ya llegamos al campamento! ¡Corran, corran todos para que alguien nos pueda ayudar con Mariana y puedan salvarla rápidamente!

Así que sacando fuerzas todavía de donde pudieron, corrieron todos emocionados hasta entrar por fin al campamento. Y ya ahí, algunos de los maestros se acercaron a socorrer a los niños al ver que llevaban en tan malísimo estado a la pequeña Mariana.

Todos, tanto los niños del campamento como los adultos se acercaron para ver qué es lo que estaba pasando haciendo un gran circulo alrededor de ellos.

De pronto Luis Felipe que se encontraba ahí entre la multitud, al verlos se acercó sorprendido corriendo y empezó a llorar al ver en tal mal estado a su querida prima Mariana.

—¿Pero que hacen aquí? ¿Por qué no me esperaron a que regresara para ir en busca del arcoíris como habíamos quedado antes?

—¡No! —le contestó Eduardo.

—¿Tú qué haces aquí? Nunca pensé que a lado de estas montañas estuviera el campamento al que ibas a venir este verano.

—¿De verdad? ¡Qué increíble coincidencia! —le dijo Megan a Bengi.

Uno de los maestros que se encontraba a un lado de ellos, tomó entre sus brazos a Mariana y la colocó con mucho cuidado en el suelo y todo el que se encontraba ahí tenía un nudo en la garganta y nadie decía nada pues parecía como si Mariana estuviera ya muerta, pues no respondía ya a nada ni a las preguntas de los médicos ni a los maestros que trataban de salvarla.

Enseguida, un médico del campamento se acercó a ella y empezó a revisarla cuidadosamente y al mismo tiempo escuchó su pequeño y a la vez gran corazón y también revisó sus signos vitales y trató de revivirla con masaje al corazón pero fue inútil, Mariana seguía todavía con un poco de vida, pero parecía que estos ya eran los últimos segundos que le quedaban.

De pronto todo el mundo volteó hacia atrás, pues venían llegando la familia de los niños y entonces la madre de Mariana, la cual lo venía observando todo desde lejos, empujó a todos para hacerse camino y poder llegar pronto hasta su hija. Al verla ahí inconsciente en el suelo se inclinó hacia ella y la puso entre sus brazos y comenzó a llorar desconsoladamente diciéndole una y mil cosas para que su pequeña pudiera escucharla.

—¡Aaaaay mi pequeñita! ¿Cómo pude haberte abandonado tanto tiempo cuando más me necesitabas? —le susurró su madre al oído, mientras las lágrimas le brotaban sin parar al igual que todo el que se encontraba alrededor de ellos.

—El cuerpo de Mariana estaba completamente helado y entonces Larissa se acercó también a ellas y se puso de rodillas junto a su hermanita dándole un tierno beso en su cabecita como si fuera esta su última despedida. De igual manera se acercaron la madre de Eduardo, que al verlo ahí tan indefenso y también en mal estado se inclinó y lo abrazo pidiéndole perdón por todas las veces que había peleado con el antes en el castillo. Luego llegó su padre y también se unió a ellos al igual que el padre de Mariana que ni siquiera podía decir ni una sola palabra y solo se cubrió la boca al ver a su pequeña ahí tumbada en el suelo.

Sin embargo, en el interior de Mariana, pasaba algo mágico que nadie podía ver, únicamente ella. Y de pronto salió de su cuerpo su maravillosa alma y se vio a sí misma ahí parada viendo una gran luz que venía desde allá arriba en cielo; esta era tan brillante que apenas y podía distinguir a alguien que se encontraba al final de ese túnel observándola de muy lejos. Entonces abrió los ojos un poco más y notó que la figura se acercaba cada vez más y más a ella y ya a unos cuantos pasos muy cerquita de ella, pudo distinguir a su abuelita que caminaba extendiendo sus brazos con una gran sonrisa como cuando estaban siempre juntas y nunca ni por un segundo se separaban una de la otra.

Mariana pegó un brinco de alegría y corrió hasta su lado para darle un gran abrazo pues todavía no podía creer lo que veía y mucho menos que pudiera hablar de nuevo en persona con su abuelita.

—¡Abuelita! —grito emocionadísima la niña—. ¡Te he extrañado tanto! —le dijo Mariana sin soltarla siquiera ni por un segundo.

—Y yo a ti mi pequeña, por eso estoy aquí contigo. Y recargó su barbilla sobre la cabeza de su nietecita adorada.

—¿Ya voy a irme contigo abuelita como una vez me prometiste? ¿Por eso has venido a recogerme? —le preguntó Mariana, mientras la observaba fijamente a los ojos.

—No, todavía no mi pequeña. Todavía no es tu tiempo —le contestó dulcemente la dama.

—¿Entonces qué haces aquí abuelita?

—Solo he venido a saludarte como todas las noches en tus sueños.

—Quiero irme contigo abuelita, ya no quiero sufrir tanto, ya no quiero vivir así con este dolor que cada día me duele más y más.

¡Llévame ya contigo! ¡Por favor! ¡Te lo suplico abuelita! ¡Llévame contigo! —siguió la niña insistiendo.

Por lo que la anciana la escuchó como de costumbre con mucha paciencia y gran ternura apenas sonriendo. Entonces decidió hablarle para convencerla de que todavía no era el momento para que se fuera con ella al cielo.

—Ya no sufrirás más mi princesita, no te preocupes, además, todavía tienes que hacer mucho por la gente ¿Recuerdas todo lo que hemos platicado antes? Confía en mí, ya lo verás.

—¿Te volveré a ver abuelita? Claro que sí mi pequeña, un día estaremos por siempre juntas, pero ahora no es el momento; sin embargo, prometo ir a visitarte todos los días y darte tu beso de buenas noches como siempre lo hago y no te das cuenta.

—Gracias abuelita, siempre me doy cuenta cuando vas a dármelo y luego ya puedo dormir tranquila.

—Ya lo sé mi vida, ya lo sé. Sonrió dulcemente la viejecita.

Después ambas se despidieron con un fuerte abrazo y un beso, pero sobre todo con una gran sonrisa y como de costumbre la abuelita con la yema de sus dedos le dibujo una pequeña cruz en su frentecita para que supiera y sintiera que los ángeles del cielo siempre la estaban protegiendo.

—Cuídate mucho mi vida. Te quiero con toda el alma, nunca lo olvides.

—Hasta luego abuelita, yo también te quiero mucho —le dijo Mariana, mientras se daba la media vuelta y se dirigía del otro lado de la luz brillante.

—Hasta luego mi corazón —le contestó la señora mientras ondeaba su mano despidiéndose de su nietecita, hasta que Mariana la perdió completamente de vista.

Mientras tanto, todos seguían llorando al ver ahí a Mariana tan frágil y tan indefensa. Y Eduardo volteó a su alrededor y de pronto se dio cuenta que ante sus ojos se encontraba a unos cuantos pasos el pozo del cual Larissa tanto les había hablado, así que sin pensarlo dos veces se dirigió corriendo hasta él y tomó un vasito de plástico que alguien había dejado por ahí tirado a un lado y tomó una poca de agua y de nuevo se dirigió hasta Mariana para ver si todavía se podía cumplir su gran deseo.

Con lágrimas aún en los ojos, Eduardo vertió una poca en la cabecita de Mariana y mojó un poco sus labios pues ella ya no tenía vida para poder beberla por ella misma.

La lluvia tenía pocos minutos de haber terminado de caer y sin embargo se sentía una gran paz alrededor y era como si algún milagro estuviera a punto de ocurrir y la presencia de los ángeles y de Dios se sentía indudablemente ahí, en ese mágico y hermoso lugar, en medio de toda esa gente, los cuales al mismo tiempo se tomaban todos de la mano y rezaban por el alma de la pequeña y dulce Mariana.

De pronto y como era de esperarse después de la lluvia, un enorme arcoíris quizás el más grande que jamás se haya visto antes en ese lugar, salió con los colores más hermosos y brillantes, cruzando de lado a lado, por encima del campamento. Y a pesar de la lluvia, se sentía un calorcito muy especial entre la multitud, quienes no dejaban de llorar al ver a los angustiados padres sufriendo y en especial a Mariana, la cual ya yacía ahí frágil e inmóvil sin poder moverse y sin una pisca de vida en su pequeñísimo y muy pálido cuerpecito. Sin embargo, después de eso, la gente alrededor empezó a tener un poco de miedo pues como por obra de Dios del cielo caía una luz muy radiante que se posaba justamente encima de Mariana, a la cual todo mundo se apartó de la niña un poco temerosos incluso su madre y familiares se hicieron a un lado confusos pues no comprendían que es lo que realmente estaba sucediendo, ya que Mariana se veía translúcida con la luz del cielo encima de ella y en seguida y para sorpresa de todos los que se encontraban ahí presentes, el cuerpo de Mariana se empezó a elevar unos cuantos metros sobre la tierra dando unas cuantas vueltas en el aire, dejando a todos boquiabiertos sin poder creer lo que veían ahí cada uno de ellos.

De pronto y como por obra de magia la niña exhaló y pudo abrir sus grandes ojos azules y de nuevo bajó al suelo por lo que todo mundo ahí quedó maravillado sin poder creerlo todavía.

Luego, en un momento la luz del cielo desapareció y se cerró el hueco que había en él y la gente no podía creer lo que veía, pero todos mostraban una gran sonrisa de alegría al ver a Mariana al fin completamente recuperada. Mariana solo observaba a todo mundo confusa pues no comprendía realmente que es lo que sucedía e inmediatamente su primo la alcanzó sin poder creer todavía que Mariana estuviera aún con vida.

—¡Mariana! —gritó Eduardo y salió corriendo a abrazarla al verla ahí parada sin saber que decir o hacer. Y los demás niños la siguieron y sus padres y tíos también.

En eso Larissa volteó al cielo y pudo entender por fin que cuando uno cree realmente en algo, la fe en uno mismo siempre puede mover hasta las mismísimas montañas. Después se dirigió a su hermanita y le dio un gran abrazo por varios minutos sin soltarla, uniéndoseles los demás también con gran alegría y entusiasmo. Catalina aprovechó tan hermoso momento y se acercó a Eduardo y se puso de rodillas frente a él y lo tomó de ambas manos diciéndole con mucha dulzura las siguientes palabras pues quería tener la plena seguridad de que su hijo nunca jamás las olvidara.

—¡Hijito! Una vez más quiero pedirte que me perdones por nunca jamás haberte escuchado cuando siempre me lo pedías pues yo en vez de eso solo te regañaba y nunca te di la oportunidad de haberte escuchado, por favor perdóname, te lo ruego con todo mi corazón y con toda mi alma —le dijo Catalina agachando la cabeza totalmente arrepentida.

Eduardo al escucharla sintió de pronto un gran alivio en su corazón y sintió de nuevo que tenía una madre que estaba ahí para él siempre que la necesitara; así que sin dudarlo él también la abrazó a ella diciéndole todo lo que él también la amaba.

—¡Claro que sí mamá! Cómo no te voy a perdonar si eres todo lo que más quiero en la vida, al igual que a Mariana que siempre ha sido como mi hermana. Al escucharlo, su madre lo abrazo aún más fuerte y no paró ni un solo segundo de llorar, agradeciéndole a Dios y al cielo por haber encontrado a su hijo y a su sobrina y por habérselas regresado con vida.

En ese momento y llegando por detrás, la madre de Megan y Bobby apareció con un policía que la había llevado hasta allí y al verla sus hijos corrieron hasta ella llorando de la alegría y también se abrazaron sin soltarse por largo tiempo. Después de seguir festejando todos juntos, como si fueran a partir de ese momento una gran familia, todos los niños se abrazaron y voltearon a ver a la madre de Megan que en ese momento estaba a punto de tomarles una fotografía para que quedara guardado para siempre ese hermoso y glorioso momento en uno de sus álbumes que tenía en su humilde casa. Ese día jamás nunca nadie lo pudo olvidar, en especial todos los que estuvieron ahí presentes y vieron el gran milagro de Mariana pues a partir de ese día muchos turistas iban a conocer el lugar donde había sucedido tal acontecimiento al igual que el ya muy famoso pozo de los deseos que nunca jamás concedió ninguno, únicamente a la princesita Mariana.

CAPÍTULO XVII

Una nueva actitud hacia la vida

Pasó un largo tiempo después y todos regresaron a sus actividades cotidianas ya que por un lado, Eduardo, siguió siendo muy popular en su colegio pero ahora no era el mismo niño de antes, ya que siempre salía en defensa de los niños abusados y maltratados del colegio e incluso había formado el periódico informativo del colegio y ahí se publicaba todo lo que acontecía semanalmente como los eventos sociales próximos, cumpleaños de sus compañeros y maestros, saludos, fotos de eventos pasados, etc. Además tiempo después, llegó a ser el presidente de la sociedad de alumnos de su colegio y con el apoyo del director se instalaron varios buzones donde se ponía toda clase de información anónima de cualquier persona que agrediera física o verbalmente a alguien sin delatar al informante.

Justamente ese mismo día por la tarde, su madre Catalina, organizó una reunión con todas las damas distinguidas de su círculo de amistades y en esa misma reunión se encontraba Florencia Limantour, la misma niña que lo había tratado muy mal y lo había humillado aquel día en el pueblo pensando que era un pordiosero de la calle. También en esa misma fiesta se encontraban Mariana y Megan las cuales desde aquel día en que se habían conocido se habían vuelto inseparables por el resto de sus días. Al ver Florencia a Eduardo de lejos el cual se encontraba acompañado de Megan, se acercó a saludarlo inmediatamente pues sabía que ahora Eduardo era demasiado famoso en el colegio y más por lo acontecido en el campamento.

—¡Hola Eduardo! ¿Cómo has estado? —lo saludó poniéndose exactamente enfrente de Megan, mirándola despectivamente de pies a cabeza para después darle la espalda.

Eduardo al ver la grosería que le estaba haciendo Florencia a Megan, inmediatamente la tomó del brazo y la puso a un lado de él, diciéndole lo siguiente a Florencia, para que de una vez por todas supiera que no le interesaba ni le interesaría su amistad nunca jamás en la vida…

—¡Hazte a un lado prepotente presumida! Qué no vez que eres una perdedora para mí. Y luego la empujó como lo había hecho ella aquel día en el pueblo.

Florencia se quedó petrificada al ver la reacción de Eduardo, pues en ese momento supo que aquel niño que había tratado tan mal aquel día en el pueblo, había sido ni más ni menos que él mismo. Mariana que día a día se veía cada vez más mejorada e incluso ya le había crecido mucho más su cabello, se rió de Florencia Limantour y se alejaron los tres de ahí dirigiéndose a otro lado lejos de ella dejándola toda indignada con la boca abierta.

Así pasaron los años y Eduardo se fue por largo tiempo a estudiar política y economía lejos de su país, ya que quería prepararse y al igual que su prima llegar a hacer mil cosas buenas por su país y toda la gente de su amado pueblo. Sin embargo aún y en la distancia nunca dejó de pensar en la pequeña Megan pues desde que se habían conocido aquel día tan hermoso de primavera una gran conexión había existido siempre entre ellos pues eran como almas gemelas que estaban destinadas a estar siempre juntas de nuevo y para toda la eternidad de ahí en adelante.

Megan pensó que con el tiempo Eduardo quizás la olvidaría y conocería a alguien más fina y educada que ella, pero eso no fue así, sino todo lo contrario, ya que Eduardo nunca dejó de escribirle y cuando regresó de estudiar a sus 23 años, inmediatamente fue a buscarla y la llevó hasta el lago Zafiro para darle una gran sorpresa que los uniría por el resto de sus días. Ya ahí en el lago y en el cual por cierto ahora sí se podían apreciar claramente ambos castillos desde lejos, pues las enormes bardas que se habían construido para que ninguno de los niños nunca jamás llegara al lago al fin fueron derribadas, Eduardo la tomó de las manos y no dejó de mirarla de pies a cabeza pues no podía creer que la tuviera una vez más tan cerca y al fin entre sus brazos.

Megan aun y con su vestimenta sencilla lucía bellísima y estaba totalmente cambiada desde la última vez que se habían visto hacía ya muchos años atrás. Por otro lado, Eduardo lucía guapísimo y muy elegante como de costumbre con su ropa muy fina y ahora con un porte muy varonil y mucho más maduro. El día por supuesto estaba más precioso que nunca, como aquella vez que se habían conocido por primera vez en el lago y el sol el cual le pegaba a Megan en su rostro hacía que su cabello luciera aún más dorado por los rayos cálidos del sol que les daba la bienvenida a ambos después de mucho tiempo de no verse. Eduardo la tomó como siempre con gran seguridad de las manos y Megan lo observó con su mirada tímida como de costumbre, desviándola para todos lados, sin saber que más hacer al tener al amor de su vida justamente ahí mirándola fijamente a los ojos. Enseguida se sentaron debajo de su árbol consentido, el gran árbol Frankenstein y ya ahí, Eduardo sacó de su bolsillo una pequeña cajita con muchas más cajitas adentro, que Megan abrió y fue sacando una por una sin parar hasta que llegó por fin a la última sin dejar de reír por un segundo, ya con la última en la mano, Megan lo miró fijamente a los ojos y abrió cuidadosamente la tapita y al asomarse soltó una gran carcajada al ver que dentro de la cajita había una piedrita mediana, aplastada y muy diferente a todas las demás que había visto en su vida.

—¿Y esta piedrita? —le preguntó la joven un poco sorprendida.

—Bueno —le contestó Eduardo con media sonrisa en su rostro, déjame decirte que no es cualquier piedrita ¿sabes?

—¿Ah no? —contestó ella dudosa sin recordar nada.

—Es la misma que tú me diste aquel día en el bosque cuando te besé por primera vez en los labios debajo de aquel enorme árbol.

—¿Recuerdas Megan?

La joven volteó a ver la piedra en sus manos sorprendida y después lo volteó a ver a él a los ojos con esa mirada única que siempre él tenía tan penetrante que le llegaba hasta la última de las células de su cuerpo y luego continuó diciendo lo siguiente:

—Desde entonces se ha convertido en mi amuleto de la suerte, sabes, en mis exámenes en la universidad y en las conferencias que di algunas veces lleno de nervios, tanto como en mis buenos y malos momentos lejos de ti, siempre me ha acompañado para darme suerte en todo momento.

—Tómala, es tuya, ahora te la devuelvo y abriendo delicadamente su mano la puso dentro de ella cerrándola de nuevo y Megan no supo que decir y solo permaneció callada recordando ahora si aquel momento en que ella se la había entregado a Eduardo.

¿Cómo era posible que Eduardo hubiera conservado esa piedra tan insignificante y le hubiera puesto una correa para no perderla nunca hasta entregársela ese hermoso día?

Megan entonces le brindó una tierna sonrisa como de costumbre pero luego notó que en el fondo de la cajita se encontraba también un sobrecito con una pequeña cartita que tenía escrito lo siguiente, la cual leyó inmediatamente…

«¿Quieres casarte conmigo mi dulce y traviesa Megan?» A lo cual, al terminar de leerla la chica no supo que decir en ese momento y solo se llevó la mano a la boca todavía un poco sorprendida por ese mágico y único momento. Luego, Eduardo sacó de nuevo de su bolsillo un hermoso y enorme anillo de compromiso y Megan no supo que decir; únicamente observó como Eduardo colocaba el anillo lentamente en el dedo anular de su mano y lo siguió escuchando hablar pues de pronto se quedó completamente muda sin poder decir siquiera ni una sola palabra a su amado y también muy querido amigo.

—Entonces ¿qué? «My lady» ¿acepta usted casarse lo más pronto posible con este caballero medieval que la ha amado durante toda la vida?

—¡Sí! ¡Por supuesto que sí! le contestó radiante Megan de alegría, mientras no dejaban de correrle las lágrimas por sus rosadas y hermosas mejillas.

Después ambos se besaron con un tierno beso, compensando todo el largo tiempo que habían dejado de verse y un poco más adelante, Megan llegó a ser una gran escritora y algunos de sus libros llegaron a colocarse como los mejores y más vendidos en todo el mundo, compitiendo con los mejores escritores del momento. Por otro lado, Mariana creó una fundación para ayudar a todos los niños enfermos de cáncer de su país, para que ninguno se quedara nunca sin su tratamiento y poder brindarles larga vida a cada uno de ellos. Además con el tiempo llegó a ser la reina que todo mundo esperaba que fuera en su país, tal cual como alguna vez lo había previsto su abuela llegando a ser este el más próspero en el mundo entero, pues mientras ella reinó, nunca existió ni un solo pobre ni un analfabeta viviendo en él durante ese siglo venidero.

Por otro lado, Bobby se convirtió en un gran comediante y junto con Bengi después se asociaron y abrieron un pequeño restaurante, el cual fue todo un éxito hasta que más delante y poco a poco abrieron una cadena de comida rápida, muy conocidas en todo el mundo.

Y por último pero no menos importante, Larissa, a la cual nunca le interesó reinar, se fue a estudiar actuación en una de las mejores academias de todo el país llegando a ser una gran actriz muy famosa para luego casarse con el actor más codiciado y famoso en el mundo entero.

—Bueno, así es mi querida Josephine, como todos llegaron a ser muy felices para siempre.

Término diciéndole la amable dama a su querida nietecita al final de la hermosa historia cerrando de igual manera ese hermoso libro el cual había sido escrito por su gran amiga Megan de la cual venía una fotografía suya en la parte trasera del libro…

—¡Bravo! ¡Bravo abuelita! —le contestó Josephine sin dejar de aplaudir ni un solo momento— ¡Muchas gracias abuelita! ¡Eres la mejor en todo el mundo! — le dijo la pequeña sumamente agradecida y le dio un gran beso abrazándola con todas sus fuerzas y se acostó de nuevo en su cama.

—Ahora sí a dormir jovencita, que no tardan en llegar tus padres y me puedo meter en un gran lío si entran y te ven todavía a esta hora despierta. Sí abuelita, te prometo que ahora sí ya me voy a dormir, pero prométeme que pronto volverás con otra historia tan bonita y entretenida como esta, ¿sí?

—Claro que sí mi vida, te lo prometo —le dijo la ancianita a su nieta y luego le dio otro pequeño beso en su frentecita para terminar tapándola con la cobija hasta la altura del cuello.

En eso, y mientras tapaba con la sobrecama a su nieta, uno de los sirvientes tocó suavemente a la puerta de la habitación y la elegante dama le contestó que pasara, pues les había dicho firmemente a cada una de las personas del servicio que no fueran a molestarla al menos que fuera algo de suma importancia.

—Adelante —contestó la ancianita.

—Reina Mariana_ le dijo la persona que había tocado a la puerta—la esperan desde hace unos cuantos minutos los duques de Escocia ya para cenar todos juntos en la mesa.

—Oh, lo olvidé por completo. Anúncieles por favor que me dirijo para allá inmediatamente —le contestó la reina Mariana al joven y se despidió ahora sí definitivamente por ese día de su nietecita, dibujándole en la frente una crucecita como lo había hecho con ella también su abuelita cuando era una niña.

Entonces la reina, esperó unos minutos más a que la pequeña se quedara por fin completamente dormida y luego Mariana bajó cuidadosamente por las escaleras apreciando meticulosamente cada una de las fotografías colgadas de su querida familia tomadas a lo largo de los años.

Ahí se encontraban algunas fotos de ella y Eduardo abrazados cuando eran todavía pequeños y de su hermana mayor que aun y cuando habían sido muy diferentes toda la vida, siempre habían sentido un gran cariño mutuamente una a la otra sin dejar de visitarse ni de escribirse nunca. Y por último, al final del pasillo, había una fotografía de todos sus amigos y ella abrazados juntos aquel día en el campamento cuando había ocurrido el gran milagro de Mariana, entonces la miró varios segundos más, comprendiendo el verdadero valor de la amistad y realmente se sintió muy afortunada de contar desde ese día no únicamente con uno sino con cinco grandes y mejores amigos en los cuales siempre pudo confiar, incluidos en ellos a sus queridos primos los cuales todavía se reunían los 6 cada vez que podían y siempre lo hacían en las fiestas de fin de año sin excepción alguna.

—¡Gracias queridos amigos y primos! ¡Sin ustedes jamás lo hubiera logrado! ¡Nunca los olvidaré! Terminó Mariana diciendo esas palabras desde lo más profundo de su corazón y luego regresó a su lugar la fotografía que había tomado de la pared la cual tenía escrita en una de las orillas la siguiente dedicatoria de su gran y única amiga de toda la vida Megan y decía exactamente lo siguiente:

«La amistad es una sola alma dividida en dos o más cuerpos». Y luego sonrió a sí misma para después dirigirse con una gran sonrisa al lugar donde se encontraban sus invitados.

Este libro se imprimió en Madrid
en junio del año 2017